KB072526

PURE
BRED

순혈의 헌터

류화수 장편 소설

FUSION FANTASTIC STORY

HUNTER

순혈의 헌터 2

류화수 장편 소설

초판 1쇄 찍은 날 § 2015년 7월 24일
초판 1쇄 펴낸 날 § 2015년 7월 31일

지은이 § 류화수
펴낸이 § 서경석

편집책임 § 이창진

펴낸곳 § 도서출판 청어람
등록번호 § 제387-1999-000006호
등록일자 § 1999. 5. 31
어람번호 § 제1-2185호

주소 § 경기도 부천시 원미구 부일로 483번길 40 서경B/D 3F (우) 420-822
전화 § 032-656-4452 팩스 § 032-656-4453
http://www.chungeoram.com
E-mail § chungeorambook@daum.net

ISBN 979-11-04-90330-4 04810
ISBN 979-11-04-90328-1 (세트)

PURE BRED

순혈의 헌터

류화수 장편 소설

FUSION FANTASTIC STORY

2

HUNTER

도서출판 청어람

CONTENTS

제1장 수원 지역 몬스터 범람   7

제2장 광녀와 광견   37

제3장 리치… 리치?   79

제4장 리치의 부활   117

제5장 성장기   153

제6장 대장장이와 맥주의 종족   179

제7장 미궁   209

제8장 미궁 4층   261

제1장
수원 지역
몬스터 범람

PURE
BRED
HUNTER

사이클롭스와 거대 전갈에게서 추출해 온 마력을 라이프
베슬 안에 집어넣자 전보다는 많은 금이 사라졌지만, 여전히
라이프베슬이 복원되기에는 무리였다.

더는 몰이사냥을 하기 위한 장소와 몬스터들을 만나지 못
했기에 하루에 열 마리 안팎의 몬스터만 사냥하며 라이프베
슬의 금을 줄여 나갔지만 1달 동안 줄인 금의 양은 몰이사냥
때와 비교하면 터무니없이 적은 숫자였다.

다른 몰이사냥법을 연구하기 위해 골머리를 썩이고 있을
때 헌터 협회의 사람이 찾아왔다.

"안녕하십니까. 대한민국 헌터 협회 경상도 지부 2급 헌터 위용욱입니다."

헌터 협회 경상도 지부는 일반적인 헌터 회사가 아니라 관청이었다.

2급 헌터 직함을 따기 위한 최소 조건이 B급 헌터였고 그런 그가 나를 찾아온 이유를 알 도리가 없었다.

"안녕하십니까. 추용택입니다. 저를 무슨 일로 찾아오신 것인지?"

"큰 사건이 터져 전국의 모든 B급 이상의 헌터들과 헌터 회사들에게 긴급 소집령이 떨어졌습니다."

내가 알기에는 몬스터 도어가 닫힌 이후로 이렇게 대대적인 헌터 소집령은 없었다.

혹시? 몬스터 범람이 다시 시작될 기미가 보이는 건가?

"갑자기 헌터 소집령이라니 무슨 일이라도 생긴 겁니까?"

나의 목소리는 다급해졌다. 몬스터 범람은 생각도 하고 싶지 않은 끔찍한 일이었기 때문이다.

"현재 수원 지역의 B급 몬스터 도어에서 몬스터 범람이 다시금 시작되고 있습니다. 아직은 한 곳에 불과하긴 하지만 수원에 있는 다른 몬스터 도어에서도 범람의 기미가 보여 헌터 소집령이 내려졌습니다."

나의 예상이 어느 정도는 맞아떨어졌지만, 수원 지역에 국한되어 벌어졌기에 안도의 한숨이 나왔다.

"B급 몬스터 도어라고 하면 안전장치가 몇 단계나 있을 건데 그게 어떻게 가능한 겁니까?"

"몬스터 헌팅을 위해 몬스터 도어를 여는 순간 수백 마리의 몬스터가 튀어나왔습니다. 그들을 최대한 헌터 회사에서 막아보았지만 역부족이었습니다. 그리고 그들은 노골적으로 몬스터 도어의 안전장치를 파괴하였습니다. 이는 지능이 있는 몬스터가 포함되어 있다는 것을 의미합니다."

"그러면 지금 수원 전체가 몬스터로 들끓고 있다는 말씀이십니까?"

"아닙니다. 몬스터 범람이 시작되고 긴급 소집령 덕분에 수도권에 있는 모든 헌터와 헌터 회사가 힘을 합쳐 몬스터 도어가 있는 영통구 지역을 벗어나지 못하게 하고 있습니다. 하지만 그 옆에 위치한 몬스터 도어에서도 강한 진동이 느껴져 수도권 지역뿐만이 아니라 전국에 헌터 소집령이 떨어졌습니다."

"현재 몬스터 도어를 벗어난 몬스터의 숫자는 얼마로 예상하고 있으십니까?"

"최소 이천 마리로 보고 있습니다. 군대와 합동해서 이번 몬스터 소탕을 계획하고 있긴 하지만 헌터의 투입이 불가피한 상황입니다."

군대는 유명무실해진 지 오래였기에 몬스터 소탕을 위해서는 헌터의 도움이 필수였다.

우리나라뿐만 아니라 전 세계적으로 군대 대신 헌터를 양성하는 것이 국력을 올리는 유일한 길이었다. 군대를 유지할 돈도 부족할 뿐 아니라 무기 보급을 위한 전반적인 산업 시설의 복구가 미진한 상황이었기 때문에 칼 한 자루를 들고 몬스터와 싸우는 헌터가 지금 시대에서는 군대보다 중요한 인적 자원이었다.

"대구 지역은 저번 리치 소탕 작전으로 인해 남아 있는 헌터의 수가 매우 부족한 실정입니다. B급 헌터는 추용택 씨를 비롯해서 7명만이 남아 있습니다."

대구 지역은 다른 지역보다 헌터의 숫자가 적었던 것도 있지만, 리치 소탕 작전으로 인해 30명이 넘는 B급 헌터가 목숨을 잃었고 A급 헌터까지 리치의 목동으로 변했기에 대구 지역은 헌터 부족 현상에 시달리고 있었다.

"제가 만약 소집에 응하지 않으면 어떻게 되는 거죠?"

물론 국가가 부른다면 참여해야 하는 것이 국민의 의무였지만 혹시나 해서 물어보았다.

"그렇게 하신다면 앞으로 몬스터 도어 출입 권한을 영구적으로 잃게 되며 헌터 자격증이 취소됩니다."

각성자에게서 헌터 자격증을 빼앗는 것은 의사에게서 메

스를 뺏는 것과 같은 의미였다. 몬스터 도어에서 사냥을 하지 못한다면 지금껏 누렸던 안락한 생활을 더는 하지 못한다는 의미였다.

"그렇군요. 그럼 대구 지역 헌터의 소집 날짜와 장소를 알려주십시오."

"한시가 급한 일입니다. 내일 대구 시청에서 오전 9시까지 소집에 응해주시기 바랍니다. 다른 헌터들은 이미 대구 시청에서 소집에 응한 상태입니다. 내일 오전 9시경에 수원으로 바로 출발할 계획이니 그전에 도착해 주시기 바랍니다."

그는 다시 한 번 시간과 장소를 말해주며 꼭 참가해 달라고 당부했다.

나 또한 몬스터 도어의 출입 권한을 잃고 싶지 않았기에 참가할 생각이었다.

"동생들한테 뭐라고 말하지?"

동생들에게 말하기 전에 마을의 정신적 지주로 있는 교수님들에게 찾아갔다.

"교수님, 저 내일 수원으로 잠시 다녀와야 될 것 같습니다."

나는 2급 공무원에게 들은 내용을 그대로 교수님에게 전달했고 그들은 매우 걱정스러운 표정으로 나의 안전을 걱정했다.

"부디 조심해서 다녀오거라. 위험한 일은 절대 나서지 말고."

"알겠습니다. 귀에 딱지가 생기겠습니다, 교수님."

"그래, 수원에서 돌아올 때까지 동생들은 나와 김 교수가 잘 챙길 테니 걱정하지 말고 다녀오게나."

"동생들을 부탁드리겠습니다. 그럼 쉬세요."

교수님들의 거처에서 집으로 돌아가는 발걸음이 무거웠다. 동생들에게 어떻게 설명해야 될지 감이 잡히지도 않았다.

"오빠, 다녀오셨어요."

언제나처럼 문 앞에서 나를 기다리고 있던 소은이가 나를 향해 손을 흔들었다.

"그래, 별일 없었지?"

"네, 별일 없었어요."

"다른 아이들은 다 집 안에 있고?"

"형식이는 잠시 밭에 다녀온다고 했고 나머지는 다 집 안에 있어요."

"그래, 들어가자꾸나."

나는 소은이를 데리고 집 안으로 들어갔고 평소보다 조용한 나의 모습에 동생들은 무슨 일이 있다는 걸 직감적으로 느꼈던지 조용한 분위기가 조성되었다.

"다녀왔습니다."

형식이가 들어오자 나는 입을 열었다.

"형이 내일 잠시 수원에 다녀올 건데 한 1주일 정도 걸릴 거 같아. 그동안 교수님들 말 잘 듣고 기다리고 있어."

"무슨 일로 가시는 건데요?"

벌써 눈물이 맺혀 있는 소은이가 울먹이는 목소리로 말했다.

"응, 수원에서 오빠의 도움이 필요하다고 요청이 들어와서 잠시 다녀오는 거야. 위험한 일은 아니니까 걱정하지 마."

위험한 일이 아니란 거짓말이 동생들에게 통하지 않았다. 동생들은 동시에 울음을 터뜨리고 내 옷깃을 잡아 늘어뜨렸다.

"오빠, 안 가면 안 돼요?"

"형, 우리 두고 가지 마."

"내가 너희를 두고 어디를 가겠어. 잠시 다녀오는 거야. 눈물 뚝."

한참을 걸려 겨우 동생들을 진정시킬 수 있었다. 아직 불안에 떨고 있는 동생들을 한 명씩 포근하게 안아주고 나서야 동생들이 잠자리에 들 수 있었다.

*　　　*　　　*

이른 아침 동생들이 일어나기 전에 나는 조용히 집을 나왔다.

동생들의 우는 모습을 보고 싶지 않았고 동생들을 달래다가 시간에 늦을 것 같았기 때문이다. 대구 시청까지 가는 길은 걸어서 가기에는 조금 먼 거리이긴 했지만, 워낙 일찍 출발했기에 집합 시각보다 일찍 도착할 수 있었다.

　"무슨 일로 오셨습니까?"

　대구 시청을 지키는 경비원이 입구로 다가오는 나를 발견하고 강압적으로 말했다.

　"저 오늘 9시까지 소집 명령을 받고 왔습니다. 여기 헌터 자격증입니다."

　B급 헌터 인장이 찍혀 있는 나의 헌터증을 보고 그는 급하게 고개를 숙여 사과했다.

　"죄송합니다. 제가 미처 알아보지 못했습니다."

　"아니에요. 처음 보는 사람 못 알아보는 게 당연한 거죠."

　나는 죽을죄를 지은 표정으로 고개를 조아리는 그를 고개를 일으켜 세우고는 소집 장소에 대해 물어보았다.

　"소집 장소가 대구 시청으로만 알고 있는데 어디로 가면 되는 건가요?"

　"정문으로 가시면 됩니다. 아직 출발하기까지 시간이 남아 있지만, 출발 준비를 하는 사람들이 그곳에 있기에 쉽게 찾을 수 있을 겁니다."

　"네, 감사합니다. 그럼 수고하세요."

경비원에게 감사의 인사를 하고는 그가 가리킨 방향으로 걸어가자 그의 말대로 여러 사람이 분주하게 움직이고 있었다. 근래 본 적이 없는 대형 버스에 짐들을 싣고 있었다.

급하긴 급한가 보네. 기름 한 방울 안 나오는 땅에서 버스를 다 준비하고.

"안녕하세요. 헌터 소집령을 받고 온 B급 헌터 추용택입니다."

아까 경비원과의 대화에서 깨달은 바가 있었기에 먼저 헌터증을 꺼내 사람들에게 보여주며 다가갔다. 하지만 이렇게 하는 것도 좋지 않은 방법이라는 걸 금방 깨달을 수 있었다.

"어서 오세요. 이렇게 빨리 오시다니. 일단 제가 안쪽으로 안내해 드리겠습니다."

바삐 움직이던 모든 사람이 짐에서 손을 놓고 나를 멍하니 쳐다보고 있었고 그중 관리자로 보이는 사람이 나에게 급히 달려왔다.

이러나저러나 민폐네.

민폐 덩어리는 얼른 사라지는 것이 좋기에 나는 관리자를 따라 시청 안으로 들어갔다.

"여기 안으로 들어가시면 다른 헌터들이 대기하고 있습니다. 그럼 출발 전까지 편히 계십시오."

워낙 정중한 그였기에 나도 고개를 깊숙이 숙여 그에게 감사의 뜻을 표했다.

문을 열고 들어가자 10명이 넘는 사람이 보였고 그들은 나를 향해 고개를 돌렸다.

"어이, 용택아."

그들의 눈빛에 어색함을 느끼고 있을 때 반가운 목소리가 들려왔다.

"사장님!"

아! 사장님도 B급 헌터니까 당연히 소집에 응했겠구나.

사장에 대한 생각을 미처 하지 못한 아둔한 나의 머리를 가볍게 두드리고는 사장의 옆에 가 앉았다.

"사장님도 온다는 생각을 미처 못 했어요. 진즉에 알았으면 회사에 들러 사장님과 같이 오는 건데."

"그럴 줄 알았다. 나도 널 데리러 갈까 하다 길이 어긋날까 봐 그냥 왔다."

"자, 다른 사람들한테 가볍게 인사나 해둬. 다 동업자들이니까."

나는 나와 사장의 대화를 안 듣는 척하며 다 듣고 있는 그들을 향해 고개를 숙여 간단하게 자기소개를 했다.

"안녕하십니까. B급 헌터 추용택입니다. 신체 강화 능력자이고 은신 능력까지 펼칠 수 있습니다. 아직 B급 헌터에 오른 지 얼마 되지 않았기에 부족한 점이 많습니다. 많은 지도 편

달 부탁합니다."

그들은 나의 정중한 인사에 가볍게 고개를 숙여 맞인사를
해주었다.

이렇게 정중하게 인사했는데 이런 반응이라니.

괜히 정중하게 인사를 한 건 아닐까 라는 생각마저 들었다.

"무슨 소개팅 왔냐? 그렇게 자기소개를 자세히 하는 헌터
는 처음 봤다."

"네? 원래 이렇게 하는 거 아니었어요?"

"네가 아직 사회 돌아가는 걸 잘 모르네. 내가 잘못 가르쳤
지. 헌터는 쉽게 고개 숙이지 않는 법이란다."

내가 너무 쉽게 고개를 숙여 인사를 했기에 오히려 그들이
머쓱해한 거라는 걸 깨달았다.

사람 간의 인사에 정중하며 좋은 거지, 뭐 저렇게 따지는
게 많아.

나는 쉽게 친해질 수 없을 것 같은 그들에게 신경을 끄고
사장과 그동안 못다 한 이야기를 하며 출발 시각을 기다렸다.

"출발 준비가 끝났습니다. 다들 정문으로 나와주시기 바랍
니다."

전에 나에게 소집령을 알려준 B급 헌터 공무원이 하릴없이
시간을 보내고 있는 우리를 일으켜 세웠다. 그들의 안내를 받
아 밖으로 나오자 생각보다 더 많은 인원이 우리를 기다리고

있었다.

B급 헌터 이상의 각성자들만이 시청 내에서 휴식을 취하고 있었고 나머지 C급 이하 헌터들과 후방 지원조들은 시청 앞에 늘어서 우리를 기다리고 있었다.

그들의 모습에 괜히 미안한 감정이 생겼지만 다른 헌터들은 당연하다는 듯한 표정을 하고 있었기에 나는 아무런 티도 내지 않고 그들과 비슷한 표정을 짓기 위해 무표정으로 그들을 바라보았다.

"자, 이제 차량에 탑승해 주시기 바랍니다."

공무원의 안내에 따라 순서대로 차량에 탑승하고 있었다. 나는 사장과 같은 자리에 앉고 싶었기에 사장의 옆에 꼭 붙어 차례를 기다리고 있었다. 그런 나에게 한 명의 헌터가 손을 내밀었다.

"소문은 들었어요, 추용택 씨. 저는 민예린이라고 해요."

처음 손을 내민 헌터가 여자였다. 평소 여복이라면 티끌만큼도 없는 나였기에 지금의 상황이 당황스러울 뿐이었다. 일단 그녀의 손을 맞잡고 악수를 하긴 했지만, 여전히 어색했기에 사장의 눈치를 살짝 살폈고 사장 또한 그녀의 행동에 당황한 표정을 하고 있었다.

마치 '저 여자가 웬일로?' 라는 표정을 하고 있는 사장이었기에 그녀가 모든 헌터에게 친절한 사람은 아니라는 걸 알 수 있었다.

그녀는 내가 악수를 하는 동안 사장의 눈치를 살피는 것을 알아챘는지 사장에게도 알은척을 하였다.

"사장님도 오랜만에 보네요. 저번 합동 사냥 이후 처음이죠? 몇 년 만인지 모르겠네요. 요즘도 D급 몬스터 서식지에서만 사냥하신다고 들었어요. 목숨을 중하게 여기는 사람이 아니었던 걸로 기억하는데 세월만큼 많이 변하셨네요."

"사람은 변하게 마련이지. 그런데 민예린 씨는 하나도 변하지 않았네요."

그녀는 사장과 몇 마디 말을 더 나누고는 버스에 올라탔고 나는 그 순간을 놓치지 않고 사장에게 물었다.

"누구예요? 아는 사람이에요?"

"대구에서 헌터 하는 놈이 민예린을 모르냐. 머리에 꽃 단 여자야. 친해져서 좋을 거 하나도 없어."

"머리에 꽃을 달다니요? 무슨 뜻이에요?"

"머리에 꽃 달고 다니는 여자 말이야."

사장은 손가락을 귀 주변으로 빙빙 돌렸다.

내가 알기에는 제정신이 아닌 사람을 표현할 때 쓰는 표현이었다.

저렇게 멀쩡해 보이는 여자가, 아니, 예쁘기까지 한 여자가 미친 여자란 말인가?

"그래도 솜씨 하나만은 일품이지. 대구에 몇 남지 않은 A급 헌터이기도 하고 말이야. 전국에서 여자가 A급 헌터인 경우는 매우 드물기도 하지."

"무슨 능력 각성자인데요?"

"바람의 각성자야. 전투가 있을 때 그녀 옆에 있을 생각 하지 마. 너도 모르는 사이 몬스터 사이로 날아가고 있는 너의 모습을 발견하게 될 테니 말이야. 저년은 전투만 벌어지면 눈이 돌아가서 아군이고 적군이고 다 날려 버린단 말이야."

*　　　*　　　*

나는 수원으로 향하는 버스 안에서 그녀를 힐끔힐끔 쳐다봤다.

아무리 봐도 머리에 꽃을 달고 돌아다닐 인물로는 보이지 않았기 때문이다.

하얀 피부에 오뚝한 코, 눈 밑에 찍혀 있는 애교 점까지… TV에서나 봐왔던 연예인 급의 미모를 가진 그녀였다.

"그만 쳐다봐. 그러다가 너 아작 나는 수가 있어. 달리는 버스 안에서 휙 날아가기 전에 눈 돌리는 게 좋을 거야."

사장의 충고에도 자꾸만 그녀에게 향하는 나의 눈을 막을 수는 없었지만, 다행히도 버스 밖으로 날아가는 불상사는 생기지 않았다.

"그래, 나도 네 심정 이해한다. 쯧쯧, 저 여자가 전투하는 모습을 봐야 정신 차리지."

고개를 내젓는 사장은 나를 포기한 듯 창밖으로 시선을 옮겼다.

나도 이렇게 쳐다보는 건 예의가 아닌 걸 알았기에 사장을 따라 창밖으로 눈을 돌렸다.

불과 몇 년 전만 해도 많은 차가 달리던 고속도로 위에는 우리 말고 다른 차량을 찾아볼 수 없었다. 몬스터의 손에 파괴되어 불타 제 기능을 상실한 차들만을 볼 수 있을 뿐이었다.

"다시 차들이 가득한 고속도로를 보려면 얼마나 걸릴까요?"

나에게서 완전히 등을 돌리고 창밖만을 바라보고 있던 사장이 나의 질문에 고개를 돌렸다.

"그런 날이 올까?"

짧은 말이었지만 많은 것을 느낄 수 있었다. 나라를 발전시키기 위해 노력해야 할 정부는 자신들의 안전만을 위해 일하였고 국민들의 편의는 생각도 하지 않고 있었기에 다시 고속도로에 많은 차가 다니는 것은 상상으로만 가능한 일이었다. 하루에도 많은 사람이 굶어 죽는 지금의 상황에서 차들이 고속도로를 달린다는 일은 드래곤을 잡는 일만큼이나 허무맹랑한 소리였다.

"확실히 큰일이 생긴 건 분명하네."

경기도 근처에 다다르자 평소에는 볼 수 없는 무장된 군인들의 모습이 보였고 이는 사람들에게 불안감을 조성하기 딱좋은 모습이었다.

군인들이 쳐 놓은 몇 개의 바리게이트를 통과해서야 우리는 전국의 헌터들이 모여 있는 장소에 도착할 수 있었다.

"도착했습니다. 다들 내려주시기 바랍니다. 개인행동은 삼가주세요."

2급 공무원 헌터는 유치원 선생처럼 나긋한 목소리로 우리를 인솔했고 그의 나긋한 목소리 덕분인지 이탈자는 생기지 않았고 병아리들처럼 그의 뒤꽁무니를 졸졸 따라 대구 지역헌터들이 움직였다.

"이곳이 우리가 배정받은 숙소입니다. 다들 짐을 푸시고정비해 주시기 바랍니다. 앞으로의 일정이 나오는 대로 알려드리도록 하겠습니다."

내가 생각한 숙소보다 훨씬 열악한 환경이었다.

A급 헌터들이야 방을 배정받긴 했지만 나머지 인원은 2인용 텐트에 짐을 풀어야 했다.

나는 짐을 풀고는 텐트 앞에서 주변을 구경하며 시간을 보냈다.

그런데 우리를 보는 다른 지역의 헌터들의 눈초리가 조금 이상했다.

"사장님, 왜 우리를 보는 눈빛이 저런 거죠?"

텐트에 도착하자마자 자리를 깔고 누운 사장을 귀찮게 하고 싶지는 않았지만 저 눈빛의 의미를 알고 싶었기에 그의 다리를 흔들어 깨운 뒤 물어보았다.

"뭐라고? 다시 말해봐, 하암."

눈물이 찔끔 날 정도로 하품을 하고 새끼손가락으로 귀를 후비고 있는 그에게 나는 다시 물어보았다.

"다른 지역 헌터들이 우리를 마치 7살짜리 미취학 아동 보듯이 보는데 왜 저런 거죠?"

귀를 후비던 손가락을 그대로 코에 집어넣고는 사장은 퉁명스럽게 말했다.

"그걸 몰라서 물어? 리치 덕분이잖아. 리치 사냥하다가 헌터들 떼죽음 당했는데 당연히 우리를 무시할 수밖에 없지. 드래곤 작전 이후로 이렇게 많은 수의 헌터가 죽은 건 처음이거든."

"아니, 지들이 리치를 잡아본 적도 없으면서 저런 눈빛을 한다고요? 리치 앞에 서면 오줌 질질 쌀 놈들이."

"내버려 둬. 헌터가 자신감 빼면 시체 아니냐."

그런 눈빛을 보이는 다른 지역 헌터들에게서 못마땅함을 느꼈지만 내가 할 수 있는 일은 없었기에 참고 있을 수밖에 없었다. 하지만 나와는 달리 그 눈빛을 참지 못하는 사람이 있었다.

"너희들 뭐야? 날 왜 그런 눈빛으로 쳐다보는 거야! 다 죽고 싶어?"

여신같은 얼굴로 험한 말을 퍼붓는 민예린이었다.

그런 그녀의 목소리를 들은 사장은 텐트에서 얼굴만을 빼낸 뒤 흥미롭게 쳐다보고 있었다.

"또 시작이네. 역시 머리에 꽃은 아무나 다는 게 아니란 말이지."

그녀에 대한 소문은 대구 지역에 국한된 게 아니었던지 우리를 무시하는 눈빛으로 쳐다보던 다른 지역 헌터들이 얼른 고개를 돌려 모른 척했다.

그런 헌터들의 모습에도 아직 화가 덜 풀렸는지 상스러운 말을 한참이나 더 퍼붓고 나서야 잠잠해지는 그녀였다.

'한 성깔 하는 여자인 건 확실하네. 저런 성격의 여자와 친해지면 피곤해지는 법이지.'

그녀를 쳐다보며 혼자만의 생각에 잠겨 있을 때 갑자기 그녀가 나를 쳐다보고는 환하게 웃어주었다.

"얀마, 얼른 텐트 내려. 미친년한테 잡아먹히지 말고. 아니, 미친개와 미친년, 잘 어울리는 한 쌍인 건가?"

오랜만에 나를 별명으로 부르는 사장이었다.

오크에게 이빨을 들이밀던 장면이 워낙 인상적이었던 건지 사장은 나의 별명을 잊지 않고 있었다.

머리를 한 대 후려치면 잊어버리려나?

엎드려 누워 있는 사장의 뒤통수가 오늘따라 먹음직스러워 보였다.

"용택아, 눈 돌려라. 나 먹는 거 아니다."

뒤에도 눈이 달렸나, 어떻게 알았지?

나는 어쩔 수 없이 사장의 기억상실 유도 계획을 취소하고 그의 옆에 누웠다.

"엄청난 숫자의 몬스터겠죠? 전국의 이름 있는 헌터는 다 모였으니까 큰 피해 없이 막을 수 있겠죠?"

걱정 담긴 나의 말에 사장은 여전히 고개를 침낭에 박은 채 대답했다.

"걱정하지 마라. 이보다 더 큰 작전도 여러 번 성공해 봤으니까."

더 이상의 대화는 분위기만 처지게 만들 것 같았기에 우리는 버스를 타고 이동하며 쌓인 피로를 풀기 위해 잠시 눈을 붙였다.

숙소에 도착한 지 2시간이 지나서야 우리를 인솔했던 공무원 헌터가 우리를 불러 모았다. 그는 긴 회의를 거쳐 각 지역 헌터들에게 부여된 임무를 우리에게 설명해 주기 시작했다.

"우리에게 부여된 임무는 영통구 지역의 망포동에 자리 잡고 있는 몬스터 퇴치의 임무입니다. 몬스터 범람이 시작된 몬스터 도어와 떨어진 위치이긴 하나 백 마리가 넘는 몬스터가 있는 걸로 확인된 지역입니다."

그는 영통구 지역의 지도를 펼쳐 보이면서 더욱 자세한 설명을 하기 시작했다.

"일단 여기에 계신 헌터분들이 공격을 맡아주서야 합니다. 망포동에 자리 잡고 있는 몬스터는 네 종류로 확인되었습니다. 오크, 오우거, 고블린, 와이번입니다."

나는 한 번도 싸워보지 못한 와이번이 망포동에 자리 잡고 있다는 얘기에 눈이 번쩍 뜨였다.

와이번의 피를 흡수하면 어떤 힘이 생길까? 혹시 날개라도 생기는 게 아닐까?

"다른 몬스터는 큰 피해 없이 사냥이 가능하다고 판단되지만 와이번이 변수입니다. 30여 마리에 불과한 와이번이긴 하지만 비행 몬스터이기 때문에 사냥이 쉽지는 않을 겁니다."

각성자 중에서 하늘을 마음대로 비행할 수 있는 헌터가 있다는 얘기는 들어보지 못했기에 와이번을 사냥하기 위해서는 높은 건물 위로 올라가거나. 와이번이 공격하는 타이밍을 노려 공격해야 할 듯했다.

"그래도 서른 마리 정도면 상대할 만하잖아. 크게 문제는 없겠는데."

붉은 머리를 하고 있는 헌터가 자신감 넘치게 말했다. 그리고 다른 헌터들도 그의 의견에 동조하는 분위기였다.

역시 헌터들의 자신감은 하늘 높은 줄 몰랐다.

물론 나도 헌터였기에 딱히 와이번이 무섭거나 두렵지는 않았다.

*   *   *

불편한 텐트 안이었지만 앞으로의 전투가 쉽지 않을 것이라는 걸 잘 알고 있는 헌터들은 억지로라도 눈을 붙였는지 의외로 다들 좋은 얼굴로 아침을 맞았다.

특히 민예린은 화장기 하나 없는 얼굴이었지만 투명한 얼굴을 자랑하고 있었다.

그런 그녀의 얼굴을 몰래 구경할 때 공무원 헌터가 앞으로 나왔다.

"다들 잘 쉬셨을 거라고 생각합니다. 곧장 망포동 지역으로 이동하겠습니다."

우리는 아직 몬스터가 활동하지 않는 지역을 이용해 망포동으로 이동해야 했기에 짧은 거리치고는 많은 길을 돌아가서야 도착할 수 있었다.

"자, 이제 진형을 유지하여 주시기 바랍니다."

"진형이랄 게 있어? 그냥 몬스터 보이면 다 죽이는 거지."

자신감으로 똘똘 뭉친 사람이었다.

항상 저런 사람이 가장 먼저 죽거나 다치곤 하지.

영화도 안보나?

자신감을 드러내듯 빨간 불꽃 머리를 하고 있는 그가 앞장서서 몬스터 집결 지역으로 이동했다.

헌터들과는 달리 전투력이 약한 후방 지원조들은 우리와 일정한 거리를 유지하며 이동했다. 그들의 눈빛은 불안함으로 가득했고 몬스터를 보는 순간 울음을 터뜨릴 것만 같았다.

그들 대부분이 몬스터 도어를 통해 몬스터 사냥을 한 경험이 있긴 하지만, 몬스터 범람 때의 기억을 잊지 못했기에 지금의 상황에 적응하지 못했다.

"전방에 몬스터 무리가 감지됩니다."

불꽃 머리 사내 뒤에 서서 두 눈을 감은 채 묘기처럼 이동하던 헌터가 우리의 움직임을 멈추었다.

"몇 마리가 감지됩니까?"

"현재 감지되는 몬스터의 수는 스무 마리 정도입니다. 오크와 오우거로 보입니다."

드디어 현실 세계에서 처음으로 몬스터와 만나고 일전을
벌이기 일보 직전이었다.

몬스터 도어에서 만나는 몬스터와 다를 바 없겠지만 왠지
모르게 새로웠고 설레었다.

"다들 전투 준비 부탁드립니다."

"전투 준비는 진작 끝났지. 남자라면 돌격이지."

불꽃 머리의 사내는 다른 헌터들의 시선을 생각도 하지 않
고 몬스터가 감지되는 방향으로 달려 나갔다. 그런 그를 말리
려는 공무원 헌터의 손이 한 타이밍 늦어버렸다.

"꼭 저런 놈이 사고를 치지."

"사장님, 우리도 뒤따라가야 되지 않겠습니까?"

"가긴 가야지. 그래도 죽게 둘 수는 없잖아."

우리는 불꽃 머리 사내의 뒤를 바짝 쫓아 달려 나갔고, 개
중에는 우리보다 먼저 뛰어 나가는 사람도 보였다. 바로 민예
린이었다. 그녀는 사냥에 굶주린 사람처럼 전속력으로 뛰고
있었다.

"용택아, 좀만 뒤로 빠지자."

"왜요? 동료 헌터들이랑 같이 움직여야 더 효율적이지 않
습니까?"

"저 미친년 옆에 있어서 좋을 거 없다고 내가 어제 말해줬

잖아. 무조건 민예린 주위에서 10m는 떨어져 있어야 돼."

사장의 말을 이해할 수는 없었지만 그의 말에 따라 달려 나가는 속도를 줄였다.

선두권과 일정 거리를 벌어지자 전투음이 귓가를 파고들기 시작했다.

펑!

선두에 서 있던 오우거의 배에서 가죽이 터지는 소리가 났고 오우거는 한참이나 날아가다 건물에 박혀 버렸다.

"저것 봐, 벌써 눈 돌아가기 시작했네."

그녀는 스무 마리가 넘는 몬스터를 마주 보면서도 한 치의 두려움도 없이 달려들었다.

그녀의 옆에 서 있던 붉은 머리의 사내는 선제공격을 그녀에게 뺏겼다는 마음 때문인지 더욱 속도를 올려 몬스터에게로 달려들었다.

펑!

또 다른 몬스터가 하늘을 향해 날아갔다.

그녀는 다른 헌터처럼 날카로운 무기를 사용하지 않았지만 그녀의 손이 뻗는 곳에서는 소용돌이가 생겨났고, 몬스터는 속수무책으로 소용돌이에 휘둘려 구멍이 난 채 날아다녔다.

"야! 같은 편이라고! 손 치워!"

붉은 머리의 사내는 민예린이 자신을 향해 소용돌이를 만들어내자 당황한 얼굴로 그녀에게서 벗어나려고 했다.

그는 소용돌이에 직격으로 맞지는 않아 몸에 구멍이 생기는 일은 막았지만 날아가는 것까지는 피할 수 없었다.

쿵.

붉은 머리의 사내는 한참이나 날아와 우리 앞으로 떨어졌다.

"괜찮으세요?"

꼴사나운 모습으로 바닥을 뒹굴고 있는 그에게 손을 뻗어 일으켜 세웠다.

"내가 저년 옆에서 싸우면 사람이 아니라 몬스터다."

아직 당황한 기색을 지우지 못한 붉은 머리의 사내는 전투 의욕이 한풀 꺾였는지 우리 옆에 서서 민예린의 전투를 구경했다.

"진짜 잘 싸우긴 잘 싸우네. 피아 구별만 할 수 있으면 완벽한데."

"그렇네요. 어이구… 한 번에 오우거 두 마리를 날려 버리네요."

"우리도 이제 움직이자. 저년 눈 돌아가서 몬스터들한테 둘러싸였다. 내버려 두면 큰일 나겠다."

그녀는 확실히 몬스터 사냥에 특화된 능력을 가지고 있었지만, 그녀의 주변에 다른 헌터의 모습은 보이지 않았기에 적에게 고립될 수밖에 없었다. 당연히 곧 몬스터의 공격에 위험에 처할 것이 분명했다.

아무리 눈이 돌아가 피아 구별을 못 한다고는 하지만, 앞으로의 몬스터 사냥을 위해서는 그녀의 능력이 필요했기에 우리는 그녀가 고립되는 것을 막아야만 했다.

"용택아, 일단 우측 방향을 뚫자."

사장과 나는 민예린의 우측에서 달려들고 있는 몬스터를 향해 움직였고 붉은 머리의 사내도 구경하던 것을 멈추고 우리와 호흡을 같이했다.

"제가 오우거를 맡을게요."

"그래? 내가 오크 막고 있을게. 거기 빨간 머리 아저씨는 나랑 같이 오크나 잡는 게 어때?"

"아저씨 아닙니다. 아직 결혼도 안한 총각한테 아저씨라뇨!"

오우거와 오크 사냥은 지겹도록 해봤던 일이었기에 우리는 한 무리의 몬스터를 향해 달려들었다. 다른 헌터들은 몬스터가 아니라 민예린의 공격을 피하기 위해 뒤로 빠져 있었지만 말이다.

콰직.

달려가는 힘을 이용해 오우거의 다리를 잘라내자 오우거는 중심을 잃고 바닥으로 쓰러졌다.

그리고 나는 익숙한 동작으로 오우거의 목을 잘라내었다.

"전 끝났어요."

난 오우거의 목을 베어냄과 동시에 오크 무리를 사냥하고 있는 사장과 붉은 머리 사내를 향해 시선을 돌렸다.

"우리도 끝났다."

그새 사장의 발밑에는 세 마리의 오크가 타는 냄새를 내며 쓰러져 있었다.

확실히 화염계 공격을 하는 사장은 능숙하고 유능한 헌터였다.

붉은 머리의 사내가 한 마리의 오크를 잡을 때 사장은 그 세 배나 많은 오크를 쓰러뜨렸다.

"정리는 끝난 거 같은데?"

우리는 민예린 주변의 몬스터를 차근차근 쓰러뜨렸고 민예린은 자신의 앞을 막아서는 몬스터가 더는 보이자 않자 눈이 정상으로 돌아왔다.

"벌써 끝난 건가요?"

언제 그랬냐는 듯이 청초한 미소를 지으며 말하는 그녀의 모습에서 왜 사장이 그녀를 미친년이라고 부르는지 이해가 갔다.

"이제 초입 부분일 뿐입니다. 처음부터 힘을 빼시면 정작 중요한 전투에서 힘들어질 수 있습니다."

나는 다른 헌터들이 공무원 헌터의 말에 집중하고 있을 때 아직 목숨이 끊어지지 않은 몬스터를 찾아 마력을 추출했다.

마력을 추출당한 몬스터는 마정석을 뱉어내지 않았기에 조심스럽게 움직여야만 했다.

몬스터의 마정석은 소집 명령에 응한 헌터들의 유일한 소득원이었기 때문이다.

"그럼 이제 본격적으로 몬스터 사냥을 시작하도록 하지요. 몬스터 서식지를 찾아주시기 바랍니다."

눈동자에 검은 부분이 없어 보이는 사내를 향해 공무원이 말했다.

눈동자가 없기에 어차피 앞이 보이지 않을 것 같았지만, 그는 굳이 눈을 감고 정신을 집중했다.

"전방 600m 부근에 많은 수의 몬스터가 집결해 있습니다."

그가 몬스터의 위치를 파악하자 우리는 망설임 없이 발걸음을 옮겼다.

이미 한 번의 전투를 아무런 피해 없이 승리하였기에 우리의 발걸음은 한층 더 가벼워졌다.

제2장
광녀와 광견

"저기, 민예린 씨."

나는 평소 여자와 말을 한 기억이 별로 없었다.

남자들만 득실거리는 남중, 남고, 체대까지 계속 그래왔다. 그래서 여자에게 말을 건다는 행위 자체에 거부감이 강했지만, 이번에는 그 거부감을 떨쳐 내고 그녀에게 말을 걸었다.

"네, 무슨 일이세요?"

"이번에도 전투 벌어지면 달려 나가실 생각이세요?"

"어머~ 제가 언제 그랬다고 그래요."

나뿐만 아니라 그녀의 말을 들은 모든 사람의 표정이 흙빛으로 변했다.

"저희랑 같이 호흡을 맞춰서 전투하시지 않을래요?"

"저도 그럴 생각이었어요. 너무 걱정하지 마세요."

그녀의 말은 진심이었다.

초롱초롱한 눈으로 나를 쳐다보며 말하는 그녀의 말이 어찌 거짓이겠는가.

하지만 믿음은 가지 않았다. 분명 몬스터가 나타나면 누구보다 빨리 달려갈 게 분명했다.

"몬스터 출몰. 쉰 마리 이상으로 보입니다."

"다들 전투 준비해 주시기 바랍니다."

헌터들에게 군대와 같은 각 잡힌 전투를 기대하기는 어려웠다.

헌터들의 특기는 백병전, 그중에서도 난전이었기에.

"정확한 몬스터의 숫자를 알기 전까진 대기해 주시기 바랍니다."

대부분의 헌터는 공무원의 말을 따랐지만 내 예상대로 단 한명만이 몬스터를 향해 달려 나갔다.

"죽었어!"

민예린이었다.

"저년 말려."

사장은 몬스터를 향해 달려 나가는 민예린을 붙잡으려고 했지만 생각보다 빠른 그녀의 움직임에 실패할 수밖에 없었다.

"제가 도와줄게요!"

나는 몬스터를 향해 혼자 돌진하는 그녀의 뒤를 쫓았다.

무어라 내게 말을 하는 사장이었지만 작은 목소리였기에 알아들을 수는 없었다.

"쟤들 저렇게 놔둬도 되나요?"

"몰라, 미친년이랑 미친개가 만났으니 죽지는 않겠지."

다른 헌터들은 몬스터를 향해 달려간 두 명의 헌터를 바라만 볼 뿐 아직 진형을 유지하며 지켜보고 있었다.

수십 마리의 몬스터가 보였지만 아직 와이번의 모습을 확인하지 못했기 때문이다.

오크나 오우거 같은 지상 몬스터는 작전 없이 싸워도 이겨낼 자신이 있었지만 와이번을 잡기위해서는 대비책이 필요했다.

"우측 하늘에 와이번 출몰! 저희 쪽으로 다가오고 있습니다."

"다들 진형을 유지해 주시기 바랍니다. 와이번이 우리를 공격하기 위해 내려올 때 잡아야 합니다."

그러나 와이번은 공무원이 세운 작전을 비웃기라도 하듯이 하늘에서 바위를 떨어뜨려 헌터들을 공격했다.

"우왁!"

"피해!"

"…아무래도 와이번이 우리를 직접 공격할 마음이 없는 것 같습니다. 저런 식으로 우리가 지칠 때까지 기다리는 것 같습니다. 아주 영악한 놈들입니다."

"두 번째 작전을 시행하도록 하겠습니다."

공무원의 지시에 따라 헌터들은 5명씩 무리를 지어 흩어졌다.

이미 입을 맞춘 상태였던지 그들의 움직임에는 망설임이 없었다.

그렇게 절반에 해당하는 헌터들이 건물 안으로 사라지자 와이번들은 더욱 기세를 높여 공격하기 시작했다.

남은 이들은 하늘 위에서 떨어지는 바위를 피하기 위해 두 눈을 부릅뜨고 지그재그로 움직여야만 했고, 그들의 움직임에 점점 지친 기색이 묻어 나왔다.

"지금입니다!"

공무원이 손을 흔들며 소리치자 이미 무너져 철골이 보이는 빌딩 위에서 그물들이 와이번을 향해 쏟아졌다. 열 마리가 넘지 않는 와이번이었지만, 그들에게 날아간 그물의 수는 백에 가까웠다.

그물에 날개가 엉켜 날갯짓을 하지 못하는 와이번들은 점점 땅과 가깝게 비행했고, 이윽고 그 발을 땅에 붙여야만 했다.

"와이번을 향해 총공격!"

하늘에서는 최상위 포식자 중 하나인 와이번일지라도 날개가 묶인 상태에서는 그저 날카로운 이빨을 가진 몬스터일 뿐이었다.

키에엑!

사방으로 공격해 들어오는 헌터들에게 와이번은 날개가 찢겨야 했고 몸을 도륙당해야 했다.

"마지막 와이번까지 사냥이 끝났습니다."

"모두 수고했습니다."

와이번 사냥은 쉽지 않았지만 큰 피해도 없었기에 다들 웃는 얼굴로 서로의 수고를 치하했다.

"아니, 지금 전투가 다 끝난 게 아니지 않습니까! 지금 지상 몬스터를 상대로 두 명의 헌터가 고군분투하고 있는데 우리가 이러고 있으면 어떡합니까."

사장은 자신 또한 남들과 다르지 않게 와이번을 잡았다는 성취감으로 취해 있었기에 몬스터를 향해 달려간 두 명의 헌터에 대한 생각을 잊어먹고 있었다.

하지만 항상 자신의 옆을 지키던 추용택의 모습이 보이지 않자 그제야 와이번 사냥 이전의 상황이 생각났다.

"그렇습니다! 다들 지상 몬스터를 상대하고 나서 쉬도록 합시다."

모든 헌터는 얼굴에서 웃음기를 지우고 지상 몬스터가 있는 곳을 바라보았다.

그리고 그들은 얼굴에 웃음기나 진지함 대신 황당함을 채워 넣어야 했다.

"저 미친년놈들."

"와… 오우거 등에 매달려서 뭐하는 짓거리야 저게."

"저년은 눈이 완전히 돌았네. 제대로 돌았어. 몬스터가 도망갈 판이야."

"와 저 미친개는 오우거 목을 물었어. 멀쩡한 칼을 놔두고 물긴 왜 물어."

"야, 오크 다섯 마리가 하늘을 날고 있어."

추용택과 민예린의 콜라보레이션을 한참이나 구경하고 나서야 그들은 움직이기 시작했다.

"다들 움직이도록 합시다."

전투는 일방적인 학살과 다를 바 없었다.

쉰 마리 정도의 지상 몬스터로는 A급과 B급으로 구성되어 있는 헌터들을 막아낼 수 없었다.

오크의 피로 흙의 색이 변했고, 오우거의 시체로 산을 쌓을 정도가 되자 전투가 끝났다.

"야, 추용택."

전투가 어떻게 진행 되었는지 하나도 기억이 나지 않았다.

아니, 기억은 났다. 눈에 보이는 몬스터를 상대한 기억이.

내 앞을 공격하는 몬스터의 손을 잘라내고, 다리를 꺾고, 머리를 쪼개는 기억만이 머리를 맴돌았다.

몇 마리의 몬스터와 싸웠는지 세는 것을 잊어버렸을 때쯤 전투가 끝나 있었다.

"네, 사장님."

나는 얼굴에 무언가가 묻었는지 미끌거리는 느낌이 들어 옷으로 대충 닦으며 대답했다.

"너 내가 미친년 옆에 있지 말라고 그랬지!"

사장이 미친년이라고 부르는 사람은 한편에서 옷에 묻은 먼지를 다소곳이 털고 있는 민예린을 뜻한다는 것을 알고 있었다.

"제가 그러려고 그런 게 아니지 않습니까. 말리려고 하다

보니 이렇게 된 거죠."

"여튼 미친년하고 미친개하고 붙어 다니니까 가관이다, 가관이야. 누가 몬스터고 누가 사람인지 구별이 안 가더라. 그러다가 골로 가는 수가 있어!"

내가 무슨 짓을 했는지는 잘 모르겠지만 사장이 나를 걱정해서 화를 낸다는 것을 알고 있었기에 공손히 사과를 했다.

"죄송합니다. 다음부터는 떨어져 있을게요."

"그래, 너도 머리에 꽃 달고 싶지 않으면 조심해."

"머리에 꽃 단다는 의미가 뭐죠?"

사장의 옆에는 어느새 민예린이 서 있었다.

"아니, 그게 아니라 머리가 산발이 되었다는 뜻으로 한 말이에요."

"그렇죠? 저보고 한 말 아니죠?"

"아닙니다."

손사래를 치는 사장을 찡그리며 쳐다보던 그녀는 나에게 손을 내밀었다.

"오늘 재미있었어요. 추용택 씨 덕분에 마음 놓고 싸울 수 있었던 거 같아요. 이런 기분 느껴본 건 너무 오랜만이네요."

"저는 그냥 눈앞에 보이는 몬스터만 사냥했을 뿐입니다."

"이상하게 추용택 씨의 모습은 쉽게 찾아낼 수 있더라고요. 그래서 등을 맡기고 사냥할 수 있었어요. 다음에도 부탁

해요."

뭘 부탁하는지 이해하지 못했지만 환하게 웃으며 바라보는 그녀를 보자 나도 모르게 고개가 끄덕여졌다.

"너 코 꿰었다. 미친년이 미친개에 목줄 채웠네."

"아니, 제가 무슨 애완동물도 아니고 웬 목줄이에요!"

사장의 말에 항변해 봤지만 사장은 좌우로 고개를 움직일 뿐 아무런 말도 하지 않았다.

그의 눈빛에 측은함이 묻어 있는 건 왜지?

"대부분의 몬스터를 사냥하긴 했지만 아직 망포동 지역에서 몬스터가 남아 있습니다. 처음 보고받은 정보에 의하면 서른 마리에서 쉰 마리의 몬스터가 더 남아 있을 거라고 예상됩니다. 다들 피곤하시겠지만 조금 더 둘러보고 돌아갔으면 합니다."

공무원의 말에 우리는 주변을 수색해 무리와 떨어져 있는 오크 몇 마리를 더 사냥할 수는 있었지만 와이번은 발견하지 못했다.

"이거 오늘따라 불량 몬스터가 왜 이리 많아?"

어느 정도 안전이 확보되었다고 판단되자 마정석 추출조가 움직였다.

이미 죽어 있는 몬스터의 마정석을 뽑아내고 있는 그들의 입에서 불평이 쏟아져 나왔다.

"여기는 와이번 한 마리도 마정석이 없는데."

나는 그들의 눈을 피하며 먼 산을 한번 쳐다보았다.

와이번은 다른 지상 몬스터보다 많은 양의 마력을 품고 있었다.

"이제 돌아가도록 하겠습니다."

마정석 추출이 끝나자 복귀를 말하는 공무원의 지시에 따라 우리는 숙소로 이동했다.

마정석 지분 배급은 수원 지역 몬스터 소탕이 끝나고 소집 해제가 되는 순간 지급한다고 했다. 아직도 모든 국민이 공무원에 대한 믿음이 전혀 없는 현 상황이었다.

그러나 헌터들에겐 예외적이었기에 그의 말을 듣고 난 후로는 다들 다른 말을 하지 않고 각자의 숙소로 돌아갔다.

아무리 공무원이 최상위 계층이라고 해도 헌터들을 상대로 사기를 칠 수는 없지 않은가?

"너 자꾸 그렇게 움직이다 진짜 골로 가는 수가 있어. 조심해."

몬스터의 피에 샤워를 한 사장이 텐트에 들어와 무심히 말했다.

"알고 있어요. 오늘은 제가 뭐에 씌었는지 그렇게 됐어요. 다음에는 절대 안 그럴 겁니다."

"알고 있으면 다행이긴 한데. 하여튼 미친년 주변에 있지 마. 보는 내가 불안해서 그런다."

사장의 잔소리는 생각보다 오래 계속되었기에 눈꺼풀이 점점 무거워졌다.

그런 나를 보고 있던 사장이었기에 잔소리를 끝내려고 했고, 얼마 지나지 않아 나는 드디어 침대에 누울 수 있었다. 하지만 날이 밝자마자 공무원의 집합 명령이 떨어졌고, 나는 베개와 아쉬운 이별을 해야 했다.

회의실에 도착하고 얼마의 시간이 지나지 않아 공무원이 헌터들을 앞에 두고 다음 날의 전투에 대한 브리핑을 시작했다.

"어제 대대적인 몬스터 소탕 작전은 성공적이었습니다. 생각보다 많은 수의 몬스터를 사냥할 수 있었습니다. 지금과 같은 속도라면 빠르면 이번 주 안에 소탕 작전이 끝이 날 것 같습니다."

"이 정도면 우리까지 소집하지 않아도 충분한 거 아니었나?"

"그래도 만약을 대비해서 소집 명령이 떨어진 게 아닐까 합니다. 마지막까지 방심은 금물입니다. 정부에서 특별히 이번 마정석은 세금을 일절 매기지 않고 전액 헌터들에게 분배한다고 합니다."

다들 고향을 떠나 수원까지 와야 하는 불편함은 있었지만 많은 돈을 만질 수 있다는 생각에 큰 불만은 없어 보였다. 나라에서도 헌터들을 다루는 방법에 익숙해져 있는 것이다.

　"내일은 가장 많은 몬스터가 밀집해 있는 소재 연구 단지에 모든 지역의 헌터가 모여 공격에 들어갈 계획입니다. 다들 내일 전투를 대비해 오늘은 편히 쉬시기 바랍니다."

　　　　　*　　　*　　　*

　우리나라에서 가장 큰 연구 단지였던 곳은 이제 몬스터의 소굴로 바뀌어 있었다.

　축구장 20개가 넘는 엄청난 크기를 자랑하고 있는 장소였기에 몬스터의 소굴로 사용되기에 아주 적합한 장소였다.

　"그럼 내일은 다른 지역 헌터들이랑 같이 움직여야 하는 겁니까?"

　"같이 이동은 하겠지만 맡은 임무와 지역이 다르기 때문에 직접적으로 맞부딪치는 일은 없을 겁니다."

　"그러면 다행이고. 몬스터 신경 쓰기도 바빠 죽겠는데 다른 헌터 눈치까지 보고 싶지는 않거든."

　붉은 머리 사내의 투정에 모든 헌터들이 수긍하는 기색이었다.

특히 우리를 노골적으로 무시하는 눈빛을 보내는 서울 지역 헌터들과는 부딪히고 싶지는 않았다. 민예린의 존재 때문에 직접적으로 우리에게 다가오는 헌터들은 없었지만 멀리서 쳐다보는 그들의 눈빛만으로도 충분히 짜증이 밀려왔다.

"근데 무슨 몬스터가 밀집해 있는 겁니까?"

사장은 숙소로 돌아가려고 뒷정리를 하고 있는 헌터와 공무원을 막아서며 질문을 던졌다.

공무원도 아차 싶은 표정으로 급히 말을 이었다.

"제가 몬스터의 종류에 대해서 설명을 드리지 않았군요. 지상 몬스터로는 오크, 오우거, 트롤이 있을 거라고 생각되며 소수의 와이번이 있다고 합니다. 고블린 무리도 보인다는 말이 있긴 하지만 큰 문제는 없을 거라고 생각됩니다."

"고블린도 있어? 뭐, 고블린이야 껌이지."

다시금 숙소로 돌아온 나와 사장은 간이침대에 몸을 눕혔다.

"근데 사장님. 이 정도 몬스터가 몬스터 도어를 뚫고 나오는 게 가능한 일인가요?"

"그러게 말이다. 물론 이 정도 몬스터가 쉬운 상대는 아니긴 하지만 몬스터 도어를 뚫고 나올 정도는 아닌데 말이야. 내일 싸워보면 알게 되겠지. 이게 끝일지 아니면 다른 게 튀어나올지."

　　　　　　　*　　　　*　　　　*

　다시금 숙소로 돌아온 나와 사장은 간이침대에 몸을 뉘었다.

　"근데 사장님, 이 정도 몬스터가 몬스터 도어를 뚫고 나오는 게 가능한 일인가요?"

　"그러게 말이다. 물론 이 정도 몬스터가 쉬운 상대는 아니긴 하지만 몬스터 도어를 뚫고 나올 정도는 아닌데 말이야. 내일 싸워보면 알게 되겠지. 이게 끝일지 아니면 다른 게 튀어나올지."

　부상을 입지는 않았지만 몬스터 사냥은 그들을 육체적으로나 정신적으로나 피로하게 만들었기에 나와 사장은 금방 코를 골며 잠이 들었다. 늦은 아침이 돼서야 눈을 뜬 나는 아직 잠에서 깨어 있지 않은 사장을 흔들어 깨웠다.

　"사장님, 이제 일어나세요. 집합 시간이 다 돼가요."

　"5분만 더 자고 일어날게. 어제 누가 코를 하도 골아서 제대로 못 잤단 말이야."

　그 누가 나는 아니겠지? 말이야 바른 말이지 사장의 코 고는 소리는 다른 텐트 안에서도 들을 수 있을 정도로 우렁찼다.

나는 사장의 코 고는 소리에 몇 번이나 깨었고 귀에 휴지를 틀어박고서야 겨우 숙면을 취할 수 있었다.

　"아니, 저보고 코 곤다고 하는 거예요? 아, 좀 일어나세요."

　"뭐가 그리 급하다고 재촉하냐. 시간 되면 부르러 올 건데 그때까지는 좀 자자."

　사장을 아무리 흔들어도 그는 침낭 속에서 꿈쩍을 하지 않았고, 결국 집합 명령이 떨어지고 나서야 사장은 침낭 속에서 기어 나왔다.

　아직 눈조차 제대로 뜨지 못하는 사장을 잡아끌어 집합 장소에 도착하자 우리를 제외한 모든 헌터가 모여 있었다.

　"거봐요. 우리 빼고 다 와 있잖아요."

　"저 사람들이 부지런한 거지 우리가 게으른 게 아니라고."

　사장의 말에 우리는 다른 사람들의 따가운 눈초리를 받아야 했지만 애써 무시했다.

　"흠흠. 그럼 간단한 브리핑을 하고는 사냥을 위해 이동하도록 하겠습니다."

　공무원의 브리핑에는 딱히 중요한 내용이 없었다.

　헌터 개인의 능력을 위주로 사냥에 나서는 것이었기에 다른 헌터들도 그의 말에 귀를 기울이지는 않고 있었다.

　"자, 이 정도로 하고 곧장 이동하도록 하겠습니다."

수십 대의 차량이 동시에 움직이는 모습은 몬스터 범람이 있고 난 뒤 처음 보는 장관이었다.

각 지역에서 보유하고 있는 차량에 헌터들이 빼곡히 앉아 연구 단지로 이동했다.

"다들 내려주시기 바랍니다."

많은 수의 몬스터가 밀집해 있는 지역이었지만 생각보다 조용한 연구 단지였다.

우리가 맡은 구역은 연구 단지 우측 끝 지역이었다.

숫자가 많은 경기도 지역과 서울 지역 헌터들이 전방을 맡았고 다른 지역들도 한 구역씩을 맡아 연구 단지를 둘러싸는 형태로 사냥에 들어섰다.

"너무 조용한 거 아녜요? 몬스터 도어로 다시 돌아간 건 아니겠죠?"

"그럴 리야 있겠냐? 조금만 더 들어가면 수십 마리의 몬스터가 튀어나올 테니까 기다려 봐."

사장의 말대로 연구 단지 안으로 들어서자 수십 마리의 몬스터가 우리를 향해 이빨을 내밀고 달려들었다.

"거봐 내 말이 맞지?"

몬스터가 다가오고 있음에도 사장은 자신의 말이 맞다는 것을 확인받고 싶어 했고 나는 얼른 대답을 해주었다.

"네, 사장님 말이 맞네요. 역시 다르십니다."

비꼬는 말이었지만 사장은 알지 못하는지 아니면 알면서도 모른 척하는 건지 나를 보며 웃었다.

"다들 전투 준비 해주시기 바랍니다."

전투 준비라고 할 거는 없었다. 이미 무기를 손에 쥐고 있는 헌터들이었기에 몬스터가 사정거리 안으로 들어오기만을 기다리면 되었다.

나 또한 검을 손에 쥐고는 지상형 몬스터가 다가오기만을 기다리고 있었다.

하지만 기다리는 것에 익숙지 못한 헌터들이 있었고 그들은 먼저 몬스터를 향해 달려들었다. 민예린도 그중 한명이었다. 그녀가 몬스터를 향해 뛰어가는 모습에 나도 검을 다시 움켜쥐고는 달려가려고 했지만 내 팔을 붙잡는 사장 덕분에 발을 멈출 수밖에 없었다.

"또 뛰쳐나가려고? 어제 내가 한 말 벌써 잊어먹었냐?"

"저도 모르게 그만."

"성급해서 좋을 거 없어. 일단 진형을 유지하면서 몬스터들의 반응을 지켜봐. 어제처럼 갑작스레 와이번이 튀어나올 수도 있어."

나는 사장의 말에 하늘을 올려다보았다.

올라다본 하늘에는 구름만이 가득했고 와이번의 모습은 보이지 않았다.

"와이번은 보이지 않는 것 같은데 우리도 슬슬 움직이죠."

내 말을 기다렸다는 듯이 공무원은 공격 지시를 내렸고 나는 본능적으로 민예린이 있는 곳으로 움직였다.

그녀가 걱정되는 건 아니었다.

이미 몇 마리의 몬스터가 그녀의 소용돌이에 날아가고 있는 실정이었다.

걱정을 한다면 그녀가 아니라 몬스터를 걱정해야 했다.

그녀는 몬스터의 중심으로 점점 이동하고 있었다.

그녀는 몬스터를 날리며 더 많은 몬스터가 모여 있는 곳으로 움직였기에 자연스레 몬스터 무리의 중심으로 이동하고 있었던 것이다.

그런 그녀의 뒤를 쫓기 위해선 몬스터의 숲을 뚫고 지나가야 했다.

퍽!

앞을 헤치며 가고 있는 나의 등 뒤에서 둔탁한 소리와 함께 충격이 가해졌다.

앞으로 달려가는 상황이었기에 뒤에서 온 충격에 미처 대비를 하지 못했기에 나는 앞으로 고꾸라질 수밖에 없었다.

"젠장, 누구야."

몸을 한 바퀴 굴러 뒤를 돌아보았다.

그곳에서는 오크 한 마리가 듬직한 몸을 내보이며 나를 쳐다보고 있었다.

고작 오크의 몽둥이에 몸을 내주다니. 수치였다.

그런 오크의 뱃속에 내 검을 선물해 주고 싶었지만 애써 무시하고 그녀가 있는 곳으로 발걸음을 옮겼다.

"우어어어어!"

그리고 나를 대신해 오크의 뱃속에 불의 힘이 깃든 칼을 찔러 넣는 사장의 모습이 보였다.

"사장님, 고마워요."

"인마! 조심히 다녀! 아무리 맷집이 좋아도 그렇지 주변 좀 살피고 가란 말이야."

"네 알겠습니다. 사장님도 조심하세요."

그녀에게 어느 정도 가까워지자 나는 속도를 늦추고 나에게 다가오는 몬스터를 상대하기 시작했다.

가장 가까운 곳에 있는 오크의 몽둥이를 뺏어 들었다.

나에게 자신의 무기를 뺏긴 오크는 당황스러워했고 나는 오크의 몽둥이를 휘둘러 그의 머리를 날려 버렸고 반동력을 이용해 몸을 회전시켜 왼편에 있는 오크의 가슴을 갈랐다.

오크의 가슴에서 피분수가 뿜어지며 쓰러졌다.

그제야 몬스터는 나의 존재가 머리에 박혔는지 나에게 본격적으로 다가오기 시작했다.

가장 매섭게 다가오는 몬스터는 내 덩치의 몇 배나 되어 보이는 오우거였다.

오우거의 옷이 심하게 찢어져 있는 것으로 보아 이미 민예린의 공격에 날아간 경력이 있는 몬스터 중 하나로 보였다.

"딴 데서 뺨 맞고 와서 나한테 화풀이하려고? 그렇게는 안 되지."

나는 나보다 훨씬 높은 곳에서 바라보고 있는 오우거의 머리를 날려 버리기 위해 벽을 밟고 점프를 하였다.

하지만 나의 점프력은 오우거의 목을 베기에는 부족했기에 겨우 오우거의 가슴팍까지 뛰어오를 수 있었다. 해서 오우거의 머리 대신 가슴에 칼을 박아 넣으려고 했다.

그때였다.

민예린의 손에서 소용돌이가 생겨났고 오우거를 향해 발사되었다.

이미 점프를 한 상태였기에 나는 소용돌이를 피할 방법이 없었다.

사장의 말이 생각이 났다.

미친년 옆에 있으면 죽기 십상이라는 말이.

민예린이 쏘아낸 소용돌이에 오우거가 날아갔고 그의 경력에 소용돌이에 날아간 횟수가 1회 추가되었다.

나는 내 경력서에 아군에게 당했다는 경력을 추가하고 싶지 않았기에 공중에서 최대한 몸을 돌려 소용돌이를 피해내려고 했다. 하지만 이미 늦었는지 미처 피하지 못했고 하늘로 높게, 높게 날아갔다.

"으아아아!"

평소 나는 놀이기구를 좋아하지 않았다.

특히 바이킹은 딱 질색이었다.

악몽 중에서 가장 싫은 꿈은 절벽에서 떨어지는 꿈이었다.

그런 내가 지금 하늘을 날고 있었다.

아니, 추락하기 직전이었다.

포물선의 최고점을 찍자 나는 몸이 잠시 멈추는 것이 느껴졌다.

이제 추락만이 남아 있는 상태였고 나는 아무 의미 없이 손을 이리저리 흔들었다.

허공에 손을 흔들어봤자 아무것도 없다는 것을 알았지만 손을 멈출 수는 없었다.

"와이번이다. 와이번이 나타났다."

동료 헌터의 목소리가 들려왔다.

와이번이라니?

그 외침과 함께 내 손에 딱딱한 무언가가 느껴졌고 나는 필사적으로 손에 집히는 무언가를 움켜쥐었다.

그것은 딱딱한 주름이 가득한 갈색의 발이었다.

바로 날카로운 발톱을 가지고 있는 와이번의 발이었다.

와이번은 자신의 발을 잡고 있는 나를 떨어뜨리려고 다른 한 발로 나의 머리를 공격했고 나는 얼른 오른손을 내밀어 와이번의 다른 발 한쪽도 움켜쥐었다.

와이번은 자신의 공격으로 나를 떨어뜨릴 수 없다는 것을 알아챘는지 빌딩을 향해 날아갔다.

나를 빌딩에 부딪쳐 떨어뜨릴 생각인 듯했다.

"이런, 거대 치킨이 어디서 개수작이야."

나는 와이번을 잡고 있는 손에 힘을 주어 뛰어올랐고 와이번의 배가 보였다.

와이번의 비늘의 강도는 알고 있었다.

리치의 목장에는 와이번도 있었기에 먹이를 주며 장난으로 와이번의 비늘을 만져 본 적이 있었다.

바위보다 단단한 비늘을 온몸에 두르고 있는 와이번에게 상처를 입히기는 쉽지 않았지만 나에게는 드래곤 하트를 부순 검이 있었다.

공중이라 큰 힘을 줄 수는 없었지만 나는 몸을 비틀며 와이번의 배에 작은 상처를 낼 수 있었고 그 상처를 잽싸게 손으로 집어 뜯었다.

"쿠에에에엑!"

와이번은 자신의 뱃속으로 파고든 나의 따뜻한 손길에 반가운 듯 괴성을 질러대었다.

나는 그런 와이번의 괴성에 보답하기 위해 손뿐만 아니라 이빨을 들이밀었다.

달콤한 와이번의 피가 느껴졌다.

자신의 배를 물고 있는 나를 떨어뜨리기 위해 와이번은 지그재그로 날며 몸을 털어댔지만 나는 아랑곳하지 않고 와이번의 피를 흡수했다. 그리고 얼마 되지 않아 와이번의 날개는 움직이지 않았고 나는 와이번과 함께 추락했다.

"용택아, 괜찮아?"

나를 향해 가장 먼저 달려온 사람은 역시 사장이었다.

그의 목소리에 반갑게 손을 흔들어주고 싶었지만 추락하며 어깨가 다쳤던지 손이 부자연스럽게 움직였다.

"괜찮습니다."

"어깨에서 피가 나는데 진짜 괜찮아? 너 아파트 6층 높이 정도에서 떨어졌다고. 괜찮을 리가 없잖아."

"진짜 괜찮습니다."

사장과 대화를 하는 도중에도 어깨는 급속도로 재생되었고 이제는 어렵지 않게 팔을 움직일 수 있었다.

"야, 근데 너 설마?"

"네, 설마 뭐요?"

"와이번도 물었냐? 입가에 와이번 피가 잔뜩 묻어 있잖아."

"아니에요. 제가 언제 와이번을 물었다고 그래요."

"미친개라는 별명 내가 짓기는 했지만 정말 잘 지었다고 다시 한 번 느낀다. 빨리 입가에 묻은 피나 닦아."

나는 입에 묻은 와이번의 피를 옷을 이용해 닦아내었다.

주위를 둘러보자 몬스터와 헌터들 간의 치열한 전투가 여기저기서 벌어지고 있었다.

사장 또한 여러 마리의 몬스터를 상대한 듯 옷에는 피가 잔뜩 묻어 있었다.

"내가 민예린 옆에 있으면 좋을 거 없을 거라고 했어, 안 했어? 꼭 당해봐야 정신 차리지."

"이런 날도 있는 거죠. 그럼 저 먼저 움직이겠습니다."

나는 가장 치열하게 몬스터와 전투가 벌어지고 있는 곳으로 달려갔다.

물론 그곳에는 민예린이 있었다.

"저 미친개는 말을 안 들어. 매를 맞았으면 정신을 차려야지, 쯧쯧."

사장의 말이 귓속을 파고들었지만 나는 가볍게 손을 흔들고는 민예린을 향해 더욱 빠르게 달려 나갔다.

"조심하세요."

민예린은 처음보다 힘이 빠진 듯 몬스터가 하늘을 날아다니는 빈도수가 현저히 적어졌다.

그녀의 힘이 약해졌다고 생각했던지 여러 마리의 몬스터가 그녀를 향해 달려가고 있었다.

나는 그녀의 뒤를 노리고 공격해 들어가는 오크의 뒷덜미를 잡아채었고 오크의 입에 검을 쑤셔 넣었다.

"고마워요."

그런 나의 모습을 보고 민예린은 가볍게 눈인사를 하였다.

힘이 약해진 만큼 정신이 돌아온 건지 이제는 나의 존재를 인식하고 있었다.

"제가 뒤를 맡겠습니다. 뒤는 걱정 마세요."

그녀는 나에게 자신의 등을 맡겼다.

등을 통해 그녀의 따뜻한 온기가 느껴졌다.

전기가 통하듯 몸이 떨려왔다.

"무슨 일이세요?"

내가 몸을 부르르 떤 것을 그녀도 느꼈던지 나에게 물어왔다.

"아닙니다. 민예린 씨, 앞에 몬스터!"

나는 그녀의 팔을 잡아끌고는 위치를 이동시켰다.

그녀를 노리고 공격해 들어왔던 오크는 공격 대상을 바꾸어 나에게 몽둥이를 날렸다.

오크의 공격을 검을 세워 막아내었고 오크의 안다리 쪽에 로우킥을 찔러 넣었다.

무릎을 꿇은 오크의 얼굴을 향해 검을 박아 넣자 오크의 얼굴뼈는 순식간에 갈라졌다.

오크는 비명도 지르지 못하고 숨을 거두었다.

"고마워요, 용택 씨."

그녀는 다시 한 번 나에게 고마움을 표했지만 눈은 정면에 서 있는 몬스터를 바라보고 있었다.

그녀는 내가 서로에게 등을 맡기자 사냥은 안정을 찾아갔다.

수많은 몬스터가 우리를 향해 공격해 들어왔다. 그러나 그들은 민예린이 만들어낸 소용돌이에 움직임이 자유롭지 못했기에 나는 그런 몬스터의 틈을 찾아 검을 찔러 넣었다.

오우거는 옆구리에서는 피를 흘린 채 바닥에서 가는 숨을 내쉬고 있었고 열 마리가 넘는 오크들은 숨조차 쉬지 못한 채 바닥을 침대 삼아 누워 있었다.

끝없이 쏟아지는 몬스터의 홍수에 정신을 집중하지 않으면 안 되었지만 약간의 여유가 생겨 주위를 둘러보았다.

언제부터 깔리기 시작했는지 모를 녹색 안개가 주위에 깔려 있었다.

"조심하세요. 독입니다."

꺼림칙한 녹색이었기에 단번에 독이라는 것을 알 수 있었고 나는 민예린에게 주의를 주었다. 그녀는 나의 말에 안주머니에서 약을 하나 꺼내 먹었다.

해독제로 보이는 약을 먹었지만 이때까지 흡수한 독의 영향 때문인지 그녀의 동작이 이전보다 느려졌다.

그녀뿐만 아니라 모든 헌터의 움직임이 느려졌다.

"독입니다. 모두 해독제를 드세요."

나는 모든 헌터들이 들을 수 있도록 소리를 질렀다.

다들 몬스터에 눈이 팔려 녹색 안개의 정체를 알지 못하고 있는 듯했다.

나의 말에 가장 먼저 반응한 사람은 우리를 인솔하는 공무원이었다.

그는 잽싸게 품에서 해독제를 꺼내 씹어 삼켰고 해독제를 가지고 있는 다른 헌터들도 해독제를 얼른 입안으로 털어 넣었다.

하지만 모든 헌터들이 해독제를 가지고 있던 건 아니었던지 몇 사람은 마비 증상을 보이고 있었다.

"키키키킥."

이빨을 가는 듯한 묘한 음성이 들려왔다.

오크 무리에 가려 보이지 않던 작은 몬스터의 모습이 보였다.

고블린 무리였다.

그들은 특유의 웃음소리를 내며 오크들 사이로 모습을 드러냈다. 그들이 들고 있는 병에서 녹색 안개가 만들어지고 있었다.

"저기 고블린입니다."

다른 헌터들도 고블린의 모습을 확인했던지 소리를 질러 그들의 출몰을 알렸다.

고블린의 마비 독은 몬스터에게는 효과가 없는지 몬스터의 움직임은 예전과 다를 바 없어 보였다.

거의 모든 헌터들이 해독제를 먹긴 했지만 이미 마비 독을 흡수한 상태였기에 정상적인 움직임을 보이는 사람은 드물었다.

하지만 유일하게 이전과 다를 바 없는 모습을 보일 수 있는 사람이 있다.

바로 나.

나는 고블린의 독에 면역이 있었기 때문에 녹색 안개에 아무런 영향을 받지 않았다.

"민예린 씨, 일단 뒤로 물러서야 합니다."

우리는 동료 헌터들보다 앞에서 싸우고 있었기에 몬스터의 공격에 둘러싸이기 직전이었다. 우리들의 움직임이 정상적인 상황이었다면 몬스터에 둘러싸였다고 해도 어느 정도만 버티면 다른 헌터들이 몬스터를 사냥해 우리에게 큰 부담이 되지는 않았겠지만 지금은 달랐다.

"얼른 움직여야 합니다."

나는 머뭇거리는 그녀의 손을 잡고는 무작정 헌터들이 있는 곳으로 달려갔다.

앞을 가로막는 몬스터는 그녀가 만든 작은 소용돌이에 쉽게 접근하지 못했고 뒤에서 오는 공격은 몸으로 막아내며 동료들에게로 이동했다.

몽둥이찜질을 몇 번이나 당했는지 기억도 나지 않았다.

몸이 수십 번 휘청거렸지만 그녀의 손을 잡고 있는 상태에서 쓰러지는 불상사를 보이고 싶지 않았기에 억지로 참아내었다.

"여기로 와!"

우리의 모습을 발견한 사장이 우리를 도와 퇴로를 확보했고 우리는 가까스로 헌터 무리에 합류할 수 있었다.

"이게 어떻게 된 일입니까?"

"고블린이 있다는 얘기에 독을 예상했어야 했는데 너무 안일하게 생각했어."

사장의 말에 공무원이 몸을 움찔거렸지만 사장은 결코 공무원에게 책임을 돌리려고 하는 말은 아니었다. 공무원보다 훨씬 많은 전투 경험을 가지고 있는 자신이 알아채지 못했다는 자책을 하는 것이었다.

"넌 어때? 움직일 만해?"

"네, 저는 아무 문제 없습니다. 사장님은?"

나는 질문과 동시에 사장의 몸을 훑어보았고 그의 손이 미세하게 떨리는 것을 볼 수 있었다. 마비 독의 증상이었다.

"젠장, 고작 고블린의 독에 당하다니."

몬스터를 향해 공격을 가하던 입장에서 수비를 해야 하는 입장으로 바뀌어 버렸다.

기세를 탄 몬스터는 고블린을 필두로 우리를 압박해 오기 시작했다.

"그렇게 강한 독은 아닌 것 같아서 시간만 흐르면 정상으로 돌아올 것 같긴 한데 그때까지 버틸 수 있을지가 의문이다."

"무조건 버텨야죠."

사장처럼 빠르게 해독제를 먹은 헌터들은 미세한 떨림만을 느꼈지만 늦은 헌터들은 온몸을 떨고 있었다. 그리고 몇 사람은 입에 거품까지 문 채 쓰러져 있었다.

그리고 그중 하나가 붉은 머리의 사내였다.

고블린을 쉽게 보던 그가 고블린의 손에 유린당하고 있었다.

바닥에 쓰러져 있던 그의 옷깃을 고블린 여러 마리가 잡아끌며 우리에게 다가오고 있었다.

다행히 그의 목숨은 아직 끊어지지 않고 있었지만 언제 끊어져도 이상하지 않을 상황이다.

"구해야 되지 않겠습니까?"

"섣불리 움직이면 우리가 위험해져. 그리고 그의 목숨도 위험해지고. 지금은 타이밍을 노려야 돼."

조금은 차갑게 느껴지는 사장의 목소리였지만 그의 말이 틀리지 않았기에 나는 고블린의 손에 끌려가고 있는 붉은 머리의 사내를 지켜볼 수밖에 없었다.

"그런데 이렇게 고블린이 다른 상위 몬스터와 움직이는 모습은 처음 봅니다."

"나는 몇 번 본 적이 있지. 분명 홉고블린이 고블린을 조종하고 있는 게 분명해. 홉고블린이 이끄는 고블린의 무리는 오우거라고 해도 쉽게 공격하지 않는 법이거든."

"그러면 홉고블린을 잡으면 어떻게 되는 거죠?"

"저들의 연합이 깨지겠지. 오크나 오우거의 눈에는 우리나 고블린이나 다를 바 없거든. 돼지고기와 소고기 정도의 차이라고 할까?"

"그럼 홉고블린을 잡으면 되는 것 아닙니까? 왜 이렇게 방어만 취하고 있는 겁니까?"

쉬운 답을 두고 어려운 길을 걷는 우리의 모습에 이해가 가지 않았다.

"말은 쉽지, 저런 몬스터 사이를 뚫고 홉고블린을 어떻게 죽일 건데. 홉고블린이 겁이 얼마나 많은지 알아? 수십 마리의 고블린들이 그를 보호하고 있을 테니 홉고블린을 암살하는 것은 불가능에 가까워. 특히 지금처럼 전투 중에는 말이야."

그의 말이 이해는 되었지만 시도조차 하지 않고 일방적으로 방어만 하고 싶지는 않았다.

나는 검을 곤두세우고는 사장에게 말했다.

"제가 다녀오겠습니다."

"안 돼. 너무 위험해. 몬스터 아가리에 얼굴을 들이미는 행위일 뿐이야. 성공할 가능성이 너무 희박해."

사장의 부정적인 말에도 나는 자신이 있었다.

고블린의 독에 면역이 있는 상황이기도 했고 트롤의 재생력과 오우거의 힘이라면 홉고블린을 죽이지는 못하더라도 몬스터를 뚫고 살아 올 수는 있을 것 같았다.

"걱정하지 마세요. 제 맷집이 얼마나 단단한지 잘 알고 계시지 않습니까."

"그래도 안 돼. 너 여기서 한 발만 더 나가면 앞으로 내 얼굴 볼 생각 하지 마."

"아아아아아!"

나는 귀에 손가락을 넣었다 뺐다 하며 소리를 내었다.

"전 아무 말도 못 들었습니다. 그러면 다녀오겠습니다."

나를 가로막는 사장의 손을 피해 은신을 펼쳤다.

은신 상태에서 과도한 힘을 주면 은신이 풀리기는 하지만 몬스터 사이를 조심히 움직이면 충분히 홉고블린이 있을 법한 곳으로 이동할 수 있을 것 같았다.

고블린과 오크들은 눈앞에 있는 다른 헌터들에게 눈이 팔려 있었기에 그들을 피해 앞으로 나아갈 수 있었다. 오우거는 발밑을 지나고 있는 나를 발견할 기색조차 보이지 않고 있었다.

수십 마리의 몬스터를 뚫고 지나가자 이상할 정도로 많은 고블린이 모여 있는 장소를 발견할 수 있었다.

'저기가 고블린이 있는 곳인가?'

고블린들은 자신들의 몸을 이용해 단단한 장벽을 만들었고 그 사이를 뚫고 지나가기는 요원해 보였다.

'어쩔 수 없지. 앞으로 갈 수 없다면 위 아니면 밑으로 가야 되는데 하늘을 나는 능력은 나에게 없으니까 땅굴을 파는 수밖에.'

땅굴은 이미 한 번 판 경험이 있었다. 리치의 라이프베슬을 찾기 위해 땅굴을 판 경력을 지금 살려야 했다.

고블린 장벽 감시탑의 눈초리를 피해 조심스럽게 땅굴을 파기 시작했다.

몸이 완전히 들어갈 정도의 땅굴이 파이자 나는 아예 은신조차 풀어버리고 땅굴을 파는 데 집중을 했다.

'이 정도면 되겠지?'

고블린 무리의 중심이라고 생각되는 곳에서 나는 조심스럽게 위로 땅굴을 파기 시작했고 자그마한 구멍에서 햇빛이 비쳐 오기 시작했다.

나는 구멍을 키워 머리만 간신히 빠져나올 정도로 파냈고 미어캣처럼 고개만 들어 주위를 둘러보았다.

모든 고블린은 등을 지고 서 있었기에 나를 발견하지 못하고 있었다.

"허억!"

뒷모습만을 보이는 고블린 중에서 단 한 마리가 나를 뚫어져라 쳐다보고 있었기에 나도 모르게 소리를 내었다.

그 고블린은 머리만 빠져나온 나의 모습에 당황스러워했고 나에게 다가오기 시작했다.

일반적인 고블린의 옷차림은 누더기나 다름없는 천 조각을 걸치고 있었지만 그의 옷은 매우 깔끔한 천으로 만들어져 있었고 장신구가 치렁치렁 매달려 있었다.

그리고 한손에 든 지팡이에는 보석까지 박혀 있었다.

누가 봐도 그가 홉고블린이라는 것을 알 수 있었다.

"안녕하세요."

홉고블린의 발이 내 코앞까지 다가오자 나는 그를 안심시키기 위해 인사를 시도했다.

"키키킥."

그런 나의 인사가 통했던지 홉고블린은 웃음소리를 내었다.

퍽!

분명 인사가 통했다고 생각했지만 갑자기 그의 지팡이가 나의 머리를 노리고 날아들어 왔고 머리가 쪼개지는 느낌을 받아야 했다.

인사까지 한 사이에 너무한 처사였다.

나는 예의를 모르는 홉고블린에게 동방예의지국의 예의를 알려주고 싶었기에 몸 전체를 순식간에 바닥에서 끌어 올려 단숨에 홉고블린의 뒤를 선점했다.

"인사를 하면 반갑게 맞아줘야지, 지팡이로 머리를 후리는 것은 누구한테 배운 거야?"

"키키키키킥."

다급히 말하는 홉고블린의 말을 알아들을 수는 없었지만 다른 고블린들은 그의 말을 알아들었는지 나를 향해 몸을 돌렸다.

"다가오지 마. 한발만 더 다가오면 홉고블린의 목숨을 장담할 수 없어."

그들의 말을 내가 알아듣지 못하듯이 고블린 또한 나의 말을 알아듣지 못하는지 그들의 발걸음은 멈추지 않았다.

말을 알아듣지 못한다면 행동으로 보여줄 수밖에 없는 일이었다.

빠각!

나는 홉고블린의 팔을 비틀어 꺾어버렸다.

너무나 쉽게 부서지는 그의 팔에 고블린의 발걸음은 멈춰졌다.

"말로 했을 때 알아들었으면 얼마나 좋아."

"키기기……."

고통에 몸부림치는 홉고블린을 여전히 품에 안고 고민에 빠져 들었다.

홉고블린을 죽이는 순간 수십 마리의 고블린에게 둘러싸여야만 했다. 물론 고블린의 수십 마리가 무섭지는 않았지만 고블린의 피 냄새를 맡고 다른 몬스터가 다가올 경우를 대비해야만 했다.

홉고블린이 죽는 순간 고블린은 오우거와 오크의 먹이로 전락하고 말 것이기에 가장 많은 사냥감이 있는 이곳에 몬스터들이 덮칠 것이 분명했다.

"물러서라고! 뒤로 물러서!"

나는 홉고블린의 목에 여전히 검을 들이밀고는 그들의 포위를 뚫기 위해 걸어 나갔다.

고블린들은 나의 손에 잡혀 있는 홉고블린의 안위가 걱정되는지 나에게 공격을 가하지는 못하고 내가 가는 길을 비켜주기만 했다.

인질범이 된 기분이긴 했지만 지금은 그런 것을 따질 때가 아니었다.

고블린의 포위를 뚫고 한적한 곳으로 이동하고 싶었지만 내가 한 발을 나가면 고블린 무리도 한발을 따라오는 실정이라 그들의 포위를 뚫고 홉고블린을 죽이기는 쉽지 않았다.

"따라오지 마. 한 발만 더 따라오면 홉고블린의 목숨을 장담할 수 없다."

방금과 달리 홉고블린의 몸에 생채기를 내지 않아도 내 말을 알아들은 고블린들은 내가 이동하는 것을 바라만 볼 뿐 따라오지는 않았다.

교육의 효과인 건가?

나는 홉고블린을 들쳐 메고 공원으로 이동했다.

몬스터와 헌터들이 보이지 않는 장소였기에 작업을 하기에 딱 좋아 보였다.

작업이라고 하니 조금 이상한 기분이 들긴 했지만 작업이라는 단어보다 좋은 말은 생각이 나지 않았다.

"홉고블린아, 미안하다."

나는 차마 홉고블린의 눈을 보면서 작업을 할 수는 없었기에 그를 뒤에서 안은 채 생채기를 낸 목 부위에 이빨을 들이밀었다.

고블린의 피를 흡수한 적이 있어 홉고블린의 피는 흡수하지 못하지 않을까 하는 생각이 들었지만 일단 시도를 해보았다.

덥석.

고블린의 목을 물자 전율이 일었다.

일찍이 경험해 본 능력을 흡수하는 과정이 시작되는 것이었다.

고블린의 피가 나의 혈관을 타고 흐르고 그의 능력이 흡수되고 있었다.

지금의 과정이 주는 희열 때문에 몬스터의 피를 흡수하는 것을 멈추지 못할 거라는 생각이 들었다.

"키기기긱."

홉고블린은 마지막 말을 남기고 눈을 감았다.

그가 무슨 말을 하는지 알아듣지 못했기에 그의 마지막 말을 기억할 수는 없었지만 큰 상관은 없었다.

"홉고블린의 능력은 뭐지?"

숙소에 능력 측정 안경을 두고 왔기에 와이번과 홉고블린의 능력을 흡수 하긴 했지만 정확히 무엇인지 알지는 못하고 있었다.

한시라도 빨리 능력을 확인하고 싶었지만 지금은 그럴 상황이 아니었기에 어서 이 전투를 마무리 지어야만 했다.

홉고블린의 능력을 흡수했기에 그에게서 마력을 추출할 수는 없었다. 그래서 나는 마정석을 빼내는 것으로 만족해야만 했다.

마정석 추출 작업이 끝나고 나는 곧장 전투가 벌어지고 있는 장소로 이동했다.

제3장
리치… 리치?

"사장님, 다녀왔습니다."

나는 열심히 오크를 상대로 힘을 쓰고 있는 사장의 뒤에 불쑥 튀어나왔다.

"오, 용택아, 성공했구나. 고생했다."

"어떻게 아셨어요? 제가 성공한지?"

"몬스터의 연합이 깨졌어. 지금 고블린은 다른 몬스터에게 사냥당하고 있는 중이야. 덕분에 우리가 편해졌어. 그런데 너 또 물었냐?"

"아니에요. 그냥 단칼에 홉고블린을 베고 오는 길입니다."

"입에 피나 닦고 거짓말해라."

힘을 흡수하고 항상 입가에 묻은 피를 닦는 것을 잊어먹는다.

나는 얼른 피를 닦아내고는 사장을 도와 몬스터 사냥을 시작했다.

확실히 연합이 깨진 몬스터를 사냥하는 일은 전보다 어렵지 않았다.

고블린은 오크와 오우거의 손을 피해 연신 도망 다녔고, 오크와 오우거는 고블린을 잡으랴 우리를 상대하랴 정신이 없었다. 그리고 그런 오크와 오우거를 사냥하는 것은 마비 독에 중독되어 있는 헌터들의 힘만으로도 충분히 가능했다.

"이 귀찮은 놈들!"

텁텁한 목소리가 귓가를 울렸다.

"사장님이 하신 말씀이세요?"

"무슨 말? 나 아무 말도 안 했는데."

오크의 다리를 걸어 넘어뜨리며 사장은 대답했다.

"무슨 말이 들렸는데. '귀찮은 놈들' 이런 말을 누가 했는데 못 들으셨어요?"

"내가 들은 것은 저기 오우거가 소리치는 '오우우우우우!' 하는 소리밖에 못 들었는데."

사장이 가리킨 방향을 보자 정말 오우거 한 마리가 여러 헌터들에 둘러싸여 있었다.

나는 혹시 하는 마음에 오우거의 앞으로 다가갔다.

"이 고블린 같은 놈들!"

혹시나 하는 생각이 확신으로 바뀌었다.

정말 오우거가 내뱉는 말이 머릿속에 들어왔다.

"고블린을 우리랑 비교하면 섭섭하지."

나는 헌터를 도와 오우거의 다리에 굵직한 상처를 내며 말했다.

오우거는 내가 만든 상처에 고통스러워하면서 나를 황당하게 쳐다보았다.

"인간이 어찌 우리의 말을 할 수 있는 거냐? 그리고 이렇게 무리로 다니며 공격하는 짓이 고블린과 다를 바가 없지 않냐."

"나도 왜 네가 하는 말을 알아듣는지는 모르겠는데. 어쨌든 헛소리 그만하고 이제 죽어라."

나는 여전히 내 눈높이보다 높은 곳에 위치한 오우거의 목을 잘라내었다.

'홉고블린의 능력이 몬스터의 말을 알아듣는 능력인 건가?'

검에 묻은 오우거의 피를 털어내며 생각했다.

나의 도움으로 다른 헌터들은 손쉽게 오우거 사냥을 성공했기에 고마운 눈빛으로 나를 쳐다보았다.

그런데 고마워하는 눈빛 안에 다른 감정이 느껴졌다.

마치 광견병에 걸린 개를 바라보는 그런 눈빛이었다.

그리고 그들은 작게 말했다고는 하지만 나는 그들의 목소리를 들을 수 있었다.

"저 사람 미쳤나 봐. 몬스터한테 말을 걸고 있어."

"실력이 좋으면 뭐하냐, 미쳤는데."

몬스터와 진짜 말을 할 수 있다고 설명해 줄 수도 없는 상황이었기에 답답함에 가슴을 연신 두드렸다.

"저것 봐 주먹으로 가슴 두드리잖아. 자기가 킹콩이라고 생각하는 건가 봐."

그들의 옆에 더 있다가는 정말 미쳐 버릴 것만 같았기에 나는 사장이 있는 곳으로 이동했다.

"사장님, 사람들이 저를 완전 미친 사람 취급하는데요."

"이제 알았어?"

믿었던 사장마저 같은 반응이었다.

전투의 끝이 보이기 시작했다.

적지 않은 수의 헌터들이 쓰러져 있었지만 그보다 몇 배는 많은 수의 몬스터가 목숨을 잃고 마정석이 뽑혔다.

주위에 몬스터가 보이지 않자 본격적인 마정석 추출 작업이 시작되었고, 우리는 주위를 경계하며 작업을 도왔다.

"이제 돌아가도록 하겠습니다."

지친 기색이 가득한 헌터들이었기에 공무원의 말에 반색을 하며 처음 집합 장소로 돌아갔다. 우리를 태우고 온 차량이 있는 곳으로 이동하자 이미 많은 수의 헌터들이 삼삼오오 모여 쉬고 있었다.

그들의 옷도 우리와 마찬가지로 피와 땀으로 범벅이 되어 있었기에 쉽지 않은 전투를 벌였다는 것을 예상할 수 있었다.

아침보다 적은 수의 헌터들만이 집합 장소에 모여 있었기에 우리의 표정은 밝을 수가 없었다.

공무원은 우리를 차량 근처로 이동시키고는 지휘부가 모여 있는 곳으로 움직였다.

그리고 얼마 되지 않아 돌아와서 우리를 차에 태우고는 숙소가 있는 곳으로 이동했다.

"다들 수고하셨습니다. 오늘의 전투는 성공적이었습니다. 중심부까지 진격을 하지는 못했지만 첫 전투치고는 많은 수의 몬스터를 사냥할 수 있었습니다. 하루를 쉬고 이틀 후에 몬스터 도어가 있는 중심부로 진격을 할 계획입니다. 그때까지 편히 쉬시기 바랍니다."

"우리 쪽 피해는 얼마나 되는 겁니까? 생각보다 많은 수의 헌터가 목숨을 잃거나 부상을 당한 것 같은데 승산이 있는 싸움인 거겠죠?"

"우리의 피해는 그렇게 큰 편은 아닙니다. 고작 20%의 피해일 뿐입니다. 그에 비해 몬스터는 절반에 가까운 피해를 입었습니다. 다음 전투가 마지막 전투가 될 것입니다. 그러면 우리는 막대한 보상금을 받고 집으로 돌아가면 됩니다."

조금은 불안한 마음으로 질문을 던진 헌터를 안심시키기 위해서 인지 공무원은 분홍빛 미래를 보여주는 말을 하였고 꽤 효과적이었다.

숙소로 돌아온 나는 능력 측정 안경을 가방에서 꺼냈다. 내 능력을 확인하고 싶었다.

하지만 거울이 없었기에 확인할 방법이 없었다.

"사장님, 혹시 거울 가지고 계세요?"

"거울? 남자 새끼가 거울이 왜 필요해? 거울 가지고 있는 사람은 여기에 없을걸? 아! 거울은 없어도 몸을 비출 만한 것은 있긴 있던데."

"어디에 있습니까?"

"식당 근처에 철판이 하나 있던데. 그 철판이 거울과 비슷하더라."

사장의 말을 듣자마자 나는 식당 근처로 이동했고 그곳에는 정말 거울과 비슷한 철판이 하나 있었다. 나는 곧장 안경을 쓴 채 철판에 나를 비추어 보았다.

힘 : B(I)

민첩성 : B(II)

마력 : B(II)

재생력 : B(I)

특수 능력 : 은신, 강한 힘, 부식, 재생력, 정력 강화, 화계 면역, 독 면역, 비늘 강화, 언어 능력 강화

이번 전투로 마력은 C급에서 B급으로 상승했고 두 가지의 특수 능력이 새로 생겨났다.

홉고블린의 능력을 흡수했기에 마력이 C급에서 B급으로 상승한 것 같았다.

언어 능력 강화도 이미 오우거를 통해 확인했지만 비늘 강화는 도저히 무슨 말인지 알 수가 없었다.

"나한테 비늘이 어디 있다고 비늘이 강화된다는 말이지?"

나는 웃옷을 들쳐 내고는 배를 어루만졌지만 비늘로 보이는 것은 발견할 수 없었다.

일반적인 사람과 똑같은 피부만이 만져졌다.

"그래도 특수 능력에 표시된 걸 보면 새로운 능력이 생기긴 생겼다는 말인데."

온몸에 와이번이 비늘이 생기는 상상을 하며 온몸이 부르

르 떨릴 정도로 몸에 힘을 주었다.

찌이익.

옷이 찢어지는 소리가 들렸다.

그리고 옷을 뚫고 나온 갈색의 딱딱한 비늘이 보였다.

나는 손으로 비늘을 두드려 보았다.

텅!

마치 철판을 두드리는 소리가 비늘에서 났다.

나는 거기서 만족을 하지 못하고 근처 돌벽에 몸을 부딪쳐 보았다.

그리고 놀라운 효과를 확인할 수 있었다.

돌벽이 내 몸에 부딪혀 무너져 버렸다.

물론 오우거의 힘을 담고 있는 나였기에 가능한 일이기도 했지만 흠집 하나 가지 않은 비늘에서 그 강도가 얼마나 튼튼한지 알 수 있었다.

"재생 능력에 와이번의 비늘이라면 다칠 일은 없겠네."

와이번의 비늘을 뚫고 공격해 올 정도로 강한 몬스터를 만나본 적이 없었다. 물론 리치를 제외한다면 말이다. 그리고 와이번의 비늘을 뚫을 정도의 강한 공격을 받는다고 해도 트롤의 재생력이 있으니 무적에 가깝게 느껴졌다.

"너 옷이 왜 그러냐? 어디서 뒹굴다가 왔어?"

비늘 때문에 구멍이 숭숭 뚫린 옷을 입고 있는 나를 사장은 놀란 눈으로 바라보고 있었다.

"그러게요. 어쩌다 보니 이렇게 됐네요."

들고 온 옷이 몇 벌 되지 않는데.

아까운 옷 한 벌만 버리게 생겼다.

"다들 푹 쉬셨습니까?"

하루의 시간 동안 휴식을 취한 우리들은 전보다 나은 얼굴을 하고 다시금 모였다.

연구 단지로 이동하는 차 안에서는 다들 긴장한 표정을 숨기기 위해 무표정을 유지했고 유일하게 나와 사장만이 간간이 웃는 얼굴을 하며 연구 단지로 이동했다.

"전과 같은 곳이 우리의 구역으로 지정되었습니다. 그곳을 시작으로 몬스터 도어가 있는 곳까지 돌파해야 됩니다. 다른 지역의 헌터들도 사방에서 몬스터 도어가 있는 곳을 향해 돌파할 것입니다. 우리가 다시 만나는 곳은 몬스터 도어가 있는 곳이 되겠습니다."

이미 한 번의 전투를 대승을 거두었기에 다들 긴장을 하고는 있었지만 패배를 할 거라는 생각은 하고 있지 않았다.

우리는 지체 없이 홉고블린을 만난 장소까지 이동했고 그동안 단 한 마리의 몬스터도 만나지 않고 순조롭게 이동할 수 있었다.

"몬스터가 너무 안 보이는데요?"

"이틀 전에도 그 말을 나한테 한 것 같은데. 내가 그때랑 똑같은 대답을 해줄게. 조금만 기다리면 지겹도록 몬스터를 만날 테니까 조금만 참아봐."

사장의 말대로 홉고블린을 사냥한 장소를 지나자 무리를 지어 다니는 오크 무리가 나타났다. 하지만 스무 마리도 되지 않는 오크 무리는 그저 좋은 사냥감일 뿐이었다.

우리가 몬스터 도어가 있는 연구 단지 중심까지 도착하는 데 걸린 시간은 두 시간이 채 되지 않았다.

걸어서 가는 속도와 별반 차이 나지도 않았다.

소수의 오크 무리와 오우거를 만났을 뿐 처음보다 오히려 쉬운 사냥이었다.

"이거 너무 쉬운 거 아닙니까?"

나와 같은 생각을 하고 있는 헌터가 소리쳤다.

그리고 우리와 가장 가까운 곳에서 사냥을 시작했던 부산 지역 헌터 협회의 사람들의 그 헌터의 말에 대답을 했다.

"그러게 말입니다. 여기까지 오면서 검에 피도 제대로 묻히지 못했습니다."

이미 각 지역의 헌터 협회 사람들이 몬스터 도어를 둘러싸고 있었다.

몬스터 도어 주변에서는 몬스터의 모습을 찾아볼 수 없었다.

몬스터 도어로 몬스터들이 다시 돌아간 것인가?

우리는 오만가지 생각을 하며 몬스터 도어로 한 발 한 발 다가갔다.

"몬스터 도어를 봉인하겠습니다. 헌터 여러분들은 경계를 서주시기 바랍니다."

각 지역에서 모인 헌터들이었기에 강력한 전력이었다.

이렇게 많은 수의 헌터가 모이는 일은 굉장히 드문 일이었다. 그런 것에 비해 사냥은 너무나 쉬운 편이었다.

이미 몇 명의 헌터들은 땅을 의자 삼아 몇 마리의 몬스터를 잡았는지 자랑스레 얘기하고 있었다.

전투는 이미 진작 끝난 분위기였다.

나도 그런 분위기에 휩쓸려 검을 지팡이 삼아 숨을 돌리고 있었다.

몬스터 도어를 봉인하기 위해 후방에서 대기하고 있던 많은 수의 전문가가 몬스터 도어로 다가갔다.

그들은 몬스터 도어에 기계장치를 설치하고 있었다.

나는 그런 작업에는 관심이 없었기에 그들에게서 고개를 돌렸다.

"사장님, 자꾸 다리 떨면 복 나가요."

"내가 다리를 언제 떨었다고 그래."

"지금도 떨고 계시잖아요."

내 옆에는 사장밖에 없었고, 지금 느껴지는 진동이 사장에게서 오는 것이 분명했다.

몇 번이나 그만하라고 했지만 진동이 멈추지는 않았다.

"진짜 그만 좀 하세요. 다리에 진동 모터를 다셨나. 어떻게 이렇게 오래 다리를 떨 수 있는 겁니까?"

"내가 떨고 있는 거 아니다."

갑자기 진지한 목소리로 말하는 사장이었다.

"지금 땅에서 진동이 느껴지는 것 같다."

다른 헌터들도 땅에서 울리는 진동을 느끼는지 하나둘 자리에서 일어났다.

"도어 봉인조 뒤로 후퇴."

공무원도 이상한 낌새를 느꼈는지 한창 작업에 열중하고 있는 몬스터 봉인조의 후퇴를 지시했다.

그들은 헌터 같은 능력이 없는 일반인들이었기에 공무원의 지시에 하던 일을 멈추고 재빨리 뒤로 물러났다.

"이 진동, 느껴본 적이 있는데."

나는 지금 느끼는 진동이 과거에 느껴본 적이 있다는 걸 기억해 냈다.

"언데드, 언데드가 나올 때 이랬습니다."

리치의 던전을 침공한 헌터들에게 악몽을 선사한 언데드가 나타날 때 지금과 같은 진동이 땅을 울렸었다.

내 기억이 틀리지 않았다는 사실을 확인하는 데는 오랜 시간이 필요하지 않았다.

도어 봉인조가 뒤로 물러서자마자 땅속에서 올라오는 징그러운 언데드의 손을 발견할 수 있었다.

"다들 전투 준비. 언데드가 나타났다. 불 속성 능력자들은 준비해라."

최종 책임자로 보이는 공무원이 소리쳤다

다른 헌터들도 자신들의 무기를 부여잡고 언데드와의 전투 준비를 마쳤다.

몬스터 도어의 주변에서 튀어나오기 시작한 언데드들은 몬스터 도어의 주변 곳곳에서 올라오기 시작했다.

몬스터 도어를 우리가 둘러싸고 있는 것이 아니라 언데드 무리 속에 우리가 갇혀 있는 신세였다.

"다들 진형을 유지하도록."

진형을 유지하고 싶어도 곳곳에서 튀어나오는 언데드 덕분에 우리는 소수의 인원으로 진형을 유지할 수밖에 없었다.

이미 전투는 시작되었고 사방에서 날아오는 언데드의 공격을 막아내기에 버거운 상황이었다. 대체 얼마나 많은 숫자가 있는 건지 셀 수조차 없었다.

퍼억!

나는 발목을 잡아끄는 스켈레톤의 머리통을 날려 버리고는 사장의 옆으로 바짝 붙었다.

"뭐야, 이것들. 아무리 죽여도 끝이 보이지 않네."

불의 힘을 담은 사장의 검이 언데드에게 스칠 때마다 기분 나쁜 소리와 함께 언데드의 몸이 부서져 날아갔다. 하지만 언데드가 땅에 쓰러지는 속도보다 훨씬 빠른 속도로 언데드들이 기어 올라왔다.

눈앞에서 기어 올라오고 있는 스켈레톤의 머리를 사커킥으로 날려 버리고 양옆에서 다가오는 스켈레톤의 머리를 양손으로 쥐고 부딪쳐 부쉈다.

발목을 잡고 일어서려는 언데드의 손을 발로 아작을 내었고, 검을 무작위로 휘둘러 스켈레톤이 다가오지 못하게 하였다.

나는 짧은 시간에 수십 마리의 언데드를 처리했지만 언데드는 끝이 보이지 않았다.

"다들 이쪽으로 모여주세요."

누가 말하는지 알 수는 없었지만 우리는 일단 그가 외친 방향으로 움직였다.

소수의 인원으로 언데드에 둘러싸여 싸우는 것은 비효율적이었기 때문이다.

우리의 체력은 한계가 있지만 언데드의 체력은 무한에 가까웠다.

우리는 목소리가 들린 곳에 도착했지만 별반 상황은 달라지지 않았다.

단지 등을 지켜줄 동료들이 생겼다는 것뿐, 언데드에 둘러싸여 있기는 매한가지였다.

대부분의 헌터가 모여들자 그들의 중심부 쪽에서 큰 목소리가 들려왔다.

"화염 공격을 퍼부으세요."

이미 준비를 마친 불 속성 능력자들은 언데드들이 모여 있는 곳을 향해 화염 공격을 퍼부었다. 확실히 일반적인 공격에 비해 불에 약한 언데드의 특성 덕분에 많은 수의 언데드가 불 속에서 허우적거렸고 우리는 약간이나마 여유를 찾을 수 있었다.

하지만 그런 여유를 몇 분을 즐기지도 못한 채 새로운 몬스터의 등장에 긴장해야만 했다.

"오우거와 와이번이 나타났습니다."

하늘에는 지금까지 봐왔던 수의 와이번과는 차원이 다른 숫자의 와이번이 하늘을 덮고 있었고 오크도 아닌 오우거들이 무리를 형성해 우리를 향해 다가오고 있었다.

아직 다 처리하지 못한 언데드들만으로도 벅찬 상태였는

데 다른 몬스터까지 출몰하자 우리는 의욕을 잃어가고 있었다.

그리고 우리의 마지막 의욕을 꺾는 이가 나타났다.

"미천한 존재들이여. 발악을 멈추거라."

회색 로브를 쓰고 있었지만 그의 존재를 알 수 있었다.

이곳에서 나보다 그의 존재에 대해 잘 아는 존재는 없다고 자부할 수 있었다.

나의 약속의 인장을 나눠 낀 리치와는 달랐지만 분명 리치였다.

회색 로브를 뚫고 보이는 그의 두 눈은 파란색 보석이 박혀 있었고 가느다란 몸에서 살집이라고는 보이지 않았다.

그가 하늘에 떠서 우리를 내려다보자 몬스터들은 움직임을 멈추었고, 우리들 또한 그의 존재감에 손가락 하나 움직이지 못했다.

"실험을 위해 이곳을 내가 사용할 것이니 그렇게 알고 물러가거라. 나 또한 너희들을 죽이고 싶은 마음은 없다."

회색 리치의 말에 아무도 입을 열 수가 없었다.

무슨 말을 하겠는가?

압도적인 힘의 차이를 보이는 리치 앞에서 우리는 개미와도 같은 신세였다.

물론 리치 혼자만이었다면 힘들긴 하겠지만 각 지역의 헌터들이 모여 있는 지금이라면 충분히 상대할 수 있었을 것이다.

하지만 리치의 주위에는 수백 마리의 몬스터와 언데드가 그를 호위하고 있었기에 그런 회색 리치를 죽일 방법은 없어 보였다.

"이곳에 온 이유가 무엇입니까?"

헌터 협회의 책임자로 보이는 공무원이 회색 리치를 향해 물었다.

그의 얼굴 또한 우리와 다르지 않게 흙빛으로 변해 있었지만 용기를 내어 외쳤다.

"단순한 실험을 위해 이곳에 온 것이다. 인간들을 죽일 마음은 없으니 걱정은 하지 말거라. 실험이 끝나는 대로 돌아갈 것이다."

회색 리치가 하는 말에 사실일지 아닐지는 아무도 몰랐지만 그의 말에 따르는 수밖에 없었다. 만용을 부리기에는 목숨이 너무 아까웠다.

"그리고 실험을 위해 인간 각성자 한 명이 필요하니 한 명만 두고 가거라. 물론 목숨은 보장하겠다."

인질을 원하는 건가?

회색 리치에게 딱히 인질이 필요한 상황은 아니었다.

아니, 인질은 그에게 짐이 될 뿐이었다.

그렇다면 정말 실험을 위해 각성자가 필요하다는 말이었
다.

헌터들은 서로의 눈치만 보며 공무원의 눈을 피해 고개를
숙였다.

아무리 목숨을 보장한다는 리치의 약속이 있었지만 그 약
속을 어긴다고 해도 리치에게 책임을 물을 사람은 아무도 없
었기에 자신이 희생양이 되고 싶어 하지는 않았다.

"각 지역 지부장들은 여기로 모여주세요."

총책임자의 말에 각 지역의 지부장들이 모여들었다.

그들은 우리가 들을 수 없는 곳으로 가서 서로의 의견을 나
누었다. 어떤 결과가 나올지는 모르지만 헌터들은 서로 자기
가 지목당하지 않기만을 기도했다.

"목숨을 보장해 준다는 말, 정말일까요?"

나는 아직도 멍하니 회색 리치를 쳐다보고 있는 사장에게
물었다.

그는 나의 질문에 리치에게서 눈을 떼고는 나를 쳐다보았
다.

"그 말을 믿는 놈이 바보 아니냐? 리치가 약속을 지킨다는
말은 생전 들도 보도 못했다."

"그러면 실험을 마치고 돌아간다는 말은요?"

"몰라, 인마. 시간이 지나보면 알겠지. 정말 실험만 하고 돌아갈지, 아니면 지구 정복을 위한 초석을 닦는 것인지는."

짜증이 섞인 말을 내뱉는 사장의 기분을 충분히 이해할 수 있었다.

지금의 상황에서 기분이 나쁘지 않다면 정상이 아닐 것이었다.

내가 더는 아무런 말도 하지 않고 얌전히 기다리고 있자 회의가 끝났는지 공무원들이 돌아왔다.

그들은 각 지역에 돌아가 무슨 말을 속삭였고 다른 지역의 헌터들은 작은 환호성을 질렀다.

무슨 결정을 내렸길래 저들이 이 상황에서 환호성을 지르는 걸까?

나의 물음에 해답을 가진 대구 지역 지부장이 우리에게 다가왔다.

그의 얼굴은 회의 전보다 훨씬 어두워 보였기에 불길한 기분이 들었다.

"죄송합니다."

우리의 얼굴을 보자 고개를 푹 숙이며 사과를 하는 대구 지부장이었다.

"왜 우리한테 사과를 하십니까?"

우리는 불길한 기분에 휩싸였지만 그의 입에서 나올 말을 어느 정도 예상할 수 있었다.

"대구 지역 헌터 중에 한 명이 이곳에 남기로 결정되었습니다."

"아니, 그런 결정을 왜 남들이 내린다는 말이요? 지원자를 뽑으면 되는 일이잖습니까?"

"죄송합니다."

다시 한 번 사과를 하는 지부장이었다.

"아니, 이유나 들어봅시다. 왜 우리 중 하나가 제물이 되어야 하는 겁니까?"

"저희가 힘이 약하기 때문입니다."

아이러니하게도 대구 지역의 헌터들은 리치에게 무리한 공격을 가하다가 목숨을 잃었기에 우리는 다른 지역의 헌터들보다 적은 수로 이번 소집 명령에 응했다.

"저희는 수원 지역 몬스터 범람을 도와주기 위해 이곳을 온 거지 않습니까? 이런 법이 어디 있단 말입니까. 제물이 되려면 우리가 아니라 수원 지역 헌터가 제물이 되어야 옳은 것 아닙니까?"

"수원 지역 헌터들은 이미 경기도 헌터 협회에 속해 있기 때문에 그들에게 책임을 물을 수는 없는 일입니다."

"아니, 그렇다고 우리가 제물이 돼야 하는 이유가 하나도 없지 않습니까?"

그의 말이 틀린 말은 아니었지만 하나를 잊고 있었다.

지금의 사회는 모든 일이 논리적으로 이루어지고 있지는 않았다.

약육강식.

힘이 있는 자가, 힘이 있는 조직의 말이 곧 법인 상황이었다.

"제비뽑기를 하겠습니다."

최후통첩의 말이 그의 입에서 나왔다.

"아니, 못 하겠습니다. 제가 왜 그래야 됩니까?"

그의 목소리는 높아져만 갔고 그 목소리는 다른 지역 헌터들의 귀에도 충분히 들려왔다.

그들은 우리를 불쌍하게 쳐다볼까, 아니면 웃으면서 구경할까?

모두 아니었다.

그들은 우리에게 어이없게도 적개심을 보이고 있었다.

그들은 어서 빨리 제물을 뽑아 우리를 이 위험에서 벗어나게 하라는 눈으로 쳐다보고 있었다. 마치 그들은 우리 때문에 이곳을 벗어나지 못하고 있다고 생각하는 듯했다.

"제비를 뽑아주세요."

회의 중에 제비뽑기 방식을 정해 왔는지 지부장은 여러 조각으로 나누어져 있는 종이를 우리에게 들이밀었다.

"한 장만이 동그라미 표시가 되어 있고 나머지 종이에는 X 표시가 되어 있습니다."

아무도 먼저 종이를 집어 들지 않았다.

누군가 먼저 동그라미 표시가 된 종이를 집기를 바라고만 있었다.

내가 제물이 되겠다는 말은 못 하겠지만 종이를 먼저 뽑을 정도의 용기는 있었기에 나는 지부장 앞으로 나갔다.

"제가 먼저 뽑겠습니다."

20분의 1의 확률이었다.

내가 그 정도로 운이 없다고 생각하지는 않았다.

나는 가장 삐죽 튀어나와 있는 쪽지를 뽑았다.

내가 종이를 뽑아내자 모두의 시선이 나에게 집중되었다.

그들의 눈빛에는 제발 내가 걸리기를 기도하고 있는 게 느껴졌다.

나는 조심스럽게 쪽지를 열었다.

그리고 감고 있던 눈을 뜨며 쪽지 안을 확인했다.

동그라미였다.

"허억."

숨이 막혀왔다. 내가 이 정도로 운이 없는 사람이었다니.

믿기지가 않았다.

"이거 사기 아닙니까? 다른 쪽지 줘보세요."

나는 지부장에게 쪽지를 뺏어 열어보았다.

쪽지들은 전부 X 표시가 그려져 있었다.

"으아아악!"

나는 한참이나 머리를 잡고 뒹굴었다.

리치라니! 리치의 그 잔인한 실험을 사람이 어떻게 견딘단 말인가.

잠시 동안의 좌절 후에 나는 나의 오른손에 끼워져 있는 약속의 인장을 바라보았다.

그렇다. 나는 이미 리치의 실험을 도운 경험이 있었다.

두 번이라고 못 할 건 없지 않은가?

긍정적인 생각을 하자 마음이 조금은 편해졌다.

"휴우."

긴 한숨을 쉬고는 자리에서 일어섰다.

나는 지부장을 쳐다보며 말했다.

"어쩔 수 없는 일이네요. 제가 제물이 되는 수밖에요."

*　　*　　*

나는 한발 앞으로 걸어 나갔고 주위의 헌터들은 한발 뒤로 물러섰다.

그들의 얼굴은 자신들이 뽑히지 않았다는 안도감으로 밝

아져 있었다.

물론 나를 걱정하는 소수의 눈빛도 보였다.

"용택아."

안절부절못하고 있는 사장에게 가볍게 손을 흔들어주고는 회색 리치가 있는 곳으로 걸어갔다.

"몸조심하세요."

나는 가느다란 음성에 고개를 돌렸다. 거기에는 민예린이 슬픈 얼굴을 하고 나를 바라보고 있었다. 아직 그녀와 많은 얘기를 나누지 못한 게 아쉬웠다.

헌터가 되고 처음 호감이 간 여자의 배웅을 받는 느낌은 나쁘지는 않았다.

나는 가볍게 고개를 숙여 인사를 하고는 회색 리치에게로 다시금 움직였다.

"다들 이제 물러서거라. 내가 이곳에 있는 동안에는 출입을 제한했으면 좋겠구나. 물론 목숨이 아깝지 않은 인간이라면 언제든지 환영한다."

리치의 말에 썰물 빠지듯이 헌터들이 연구 단지 안에서 물러섰다.

부상을 입어 쓰러져 있는 헌터들과 숨이 끊어진 헌터들을 버리고 가지 않았다는 게 신기할 정도의 빠른 속도로 그들은 눈에서 사라졌다.

"안녕하십니까, 추용택이라고 합니다."

나는 회색 리치 앞에 서서 정중히 인사를 건넸다.

그는 새로운 실험체가 될 나의 모습을 유심히 관찰하다 나의 인사에 답했다.

"그래, 반갑구나. 따라오너라."

그는 연구 단지 안에 있는 연구실로 나를 데리고 들어왔다.

이미 언데드들은 땅속으로 돌아갔고 몬스터들은 자신들의 거주지로 돌아갔는지 주위는 아무런 소리도 들리지 않았다.

"일단 자리에 앉거라."

회색 로브를 입고 있는 리치가 권하는 자리에 나는 엉덩이를 붙였고 그의 말을 기다렸다.

연구실 안은 내가 알던 리치의 연구실과는 다른 모습을 하고 있었다.

마법적인 물품들도 여럿 보였지만 신식 연구 도구들이 연구실을 채우고 있었다.

"약속의 인장을 가지고 있구나."

자리에 앉아 불안한 마음에 괜히 반지를 만지는 나의 손을 유심히 보던 회색 리치가 반가운 목소리로 말했다.

회색 리치 또한 약속의 인장에 대해서 알고 있는 듯했다.

그는 로브를 벗어 자신의 얼굴을 나에게 공개했다.

예상대로 살점 하나 붙어 있지 않은 두개골과 파란 보석이 박혀 있는 그의 두 눈을 확인하자 그가 리치라는 것을 다시금 확인할 수 있었다.

　"그래, 약속의 인장은 어디서 얻었느냐?"

　"이 약속의 인장은 리치에게서 얻었습니다."

　"다른 한쪽은 누가 끼고 있는 것이냐?"

　"저에게 이 반지를 주었던 리치가 끼고 있습니다."

　"그래? 그 리치는 지금 어디에 있느냐?"

　약속의 인장에 생각보다 관심이 많아 보이는 회색 리치는 추궁하듯이 나에게 약속의 인장에 대해 물어보았다. 그는 자신과 같은 리치여서 그런지 어르신에 대해서 참 많은 것을 물어보았다.

　나는 최대한 사실대로 회색 리치에게 말했지만 그 리치가 라이프베슬에 대한 얘기는 물어보지 않았기에 편하게 대답할 수 있었다.

　"지금 그분은 동면에 빠져 있습니다."

　"동면? 라이프베슬에 충격이라도 받았다는 말이냐?"

　라이프베슬에 대한 얘기가 나오자 나는 고민에 빠졌다.

　사실을 말할 것인지 거짓을 말할 것인지 쉽게 판단을 할 수가 없었다.

　그가 어르신에게 호의적인 리치라면 다행이었지만 그렇지

않다면 어르신을 다시 한 번 위험에 빠뜨리는 일이 될 수도 있었기 때문이다.

그런 나의 고민이 얼굴에서 표가 났는지 리치는 걱정하지 말라는 투로 말을 이었다.

"걱정하지 말거라. 나는 그와 인연이 있단다."

그의 말이 사실일지 거짓일지 알 방법이 없었기에 나는 여전히 입을 열지 못하고 있었다.

"그래, 말하기 힘들겠지. 약속의 인장을 끼고 있는 상태니 쉽게 입을 열 수 없을 게야. 여기 누워보거라."

그는 내가 하는 고민을 이번에도 쉽게 파악하고는 더는 묻지 않고는 나를 연구실 한편에 있는 의료용 침대에 눕게 하였다.

나는 내 입으로 어르신의 라이프베슬에 대해 얘기를 하지 않아도 된다는 사실에 편한 마음으로 침대에 누웠다.

'죽이기야 하겠어? 그래도 리치라면 못해도 몇백 년은 살아온 존재인데 거짓말을 하지는 않겠지.'

나는 언데드를 소환하고 사람을 쉽게 죽이는 그의 말을 믿기 위해 노력했다.

사실 그를 믿는 방법 말고는 내가 할 수 있는 일은 없었다.

"이제 한숨 자거라."

그의 손이 나의 머리 위에 올려지자 나는 마취약을 먹은 것처럼 머리가 흐려지고 이내 기억이 끊어졌다.

*　　　*　　　*

"흐암~"

얼마나 잤는지는 모르지만 오랜만에 개운하게 잠이 들었기에 나도 모르게 기지개를 켜며 하품을 하였다.

'아, 여기는 리치의 연구실이었지!'

나는 하늘 높이 올라가 있는 손을 얼른 내리며 입을 막았다.

그러고는 혹시나 리치가 이런 나의 모습을 보았을까 싶어 주위를 두리번거리다가 나를 바라보고 있는 리치와 눈이 마주쳤다.

"일어났느냐."

"네, 일어났습니다."

나는 침대에서 용수철처럼 몸을 일으켜 각을 잡고 앉았다.

회색 리치는 나에게 조금 떨어진 곳에 앉아 말없이 나를 바라보았다.

나는 그의 눈빛이 의미하는 바를 알지 못했기에 긴장된 마음으로 그의 말이 이어지기만을 기다렸다.

"네가 잠들어 있을 때 너의 기억을 읽었다."

가슴이 쿵쾅거렸다.

나의 기억을 읽었다는 뜻은 나의 능력은 물론이고 약점과 어르신의 라이프베슬까지 알고 있다는 얘기였다.

치명적인 약점을 잡힌 상황이었기에 불안함에 몸이 떨려 왔다.

"너무 긴장하지 말거라. 내 너를 가지고 심한 짓을 하지는 않을 테니."

"감사합니다."

뭐가 감사한 일인지는 모르겠지만 나의 입에서는 감사하다는 말이 튀어나왔고 그 말은 진심이었다.

리치의 연구욕이 얼마나 큰지는 어르신을 통해 잘 알고 있었기에 그가 나를 심하게 다룬다면 무슨 짓을 할지 상상도 되지 않았다. 심한 짓을 하지 않겠다는 그의 말에 고마운 마음이 들기까지 했다.

"그 약속의 인장을 누가 만들었는지 알고 있느냐?"

약속의 인장은 드래곤이 만들었다는 사실만을 알고 있었다.

"드래곤이 만든 보물이라고 알고 있습니다. 엘프의 결혼반지로 제작했다고만 들어서 알고 있습니다."

"그래, 결혼반지로 내가 만들었던 선물이지."

나는 회색 리치의 말이 이해가 가지 않았다.

분명 약속의 인장은 드래곤이 만들었다고 했다.

근데 그가 만들었다는 말은 무엇이란 말인가?

"리치님이 만드셨다는 의미가 혹시?"

"그래, 네가 생각하는 것이 맞단다."

드래곤이다.

몬스터 월드를 지배하고 있는 신과도 같은 존재의 드래곤이 지금 내 눈앞에 있다.

그가 거짓말을 하고 있는 건가?

드래곤이 이렇게 쉽게 자신의 존재를 밝히는 쉬운 존재였나?

그의 말이 거짓인지 사실인지 구분이 가지 않았다.

그가 거짓말을 한다고 해도 내가 알아낼 방법이 없었기에 마음은 답답하기만 했다.

"믿지 못하는 눈치구나."

이번에도 나의 생각을 읽은 그가 말했다.

"그런 건 아니지만 실제로 드래곤을 본 적은 한 번도 없었던지라."

"그래, 자네의 심정 충분히 이해한다네."

드래곤치고는 너무 자상한 말투였기에 더욱 의심이 갔다.

내가 알고 있는 드래곤은 흉포하고 잔인한 존재였다.

드래곤 던전으로 향한 헌터 대부분을 죽여 버린 학살자인 드래곤이 이렇게 자상할 수 있는 것인가?

"이리 와보거라."

나는 그의 말에 자석에 이끌린 듯 그에게 다가갔다.

그는 내가 그의 근처로 다가오자 한마디의 말을 뱉었다. 내가 알아들을 수 없는 말이었지만 짧게 외친 그의 한마디에 나는 정신을 차릴 수가 없었다.

하얀색으로 색칠되어 있던 연구실 대신에 엄청난 크기의 동굴로 이동되었기 때문이다.

"이곳이 나의 던전이란다."

확실히 일반 동굴과는 차원이 달랐다.

광활한 크기 하며 바위 하나하나마다 장인의 손길이 담겨 있는 듯한 조각들.

꿈속에서도 상상하지 못했던 장면이 내 눈앞에 보였다.

"이제 믿겠느냐?"

어르신조차도 먼 거리를 텔레포트하기에는 마력이 부족하다고 했었다.

그렇다면 정말 그는 드래곤이라는 말인가?

"돌아오셨습니까?"

드래곤의 뒤에서 그의 모습과 동일한 리치가 나타났다.

"잠시 돌아왔단다."

리치가 둘이 되자 나의 눈은 어지러워졌다.

누가 누구인지 쉽게 구분이 가지 않았기 때문이다.

"그래, 내가 내 집사의 모습으로 변신했던 거란다."

그에게서 환한 빛이 일어났고 그는 내가 태어나서 본 적도 없는 아름다운 모습을 한 여성체로 변해 있었다.

"인간들은 이런 모습을 좋아한다지?"

그는 20대 중반의 아름다운 여성의 모습을 한 채 나에게 말을 걸었고 그런 모습에 그가 드래곤이라는 것을 알면서도 얼굴에서 눈을 떼지 못했다.

"음, 이런 모습은 오히려 좋지 않아 보이는구나."

내가 너무 노골적으로 쳐다보았던 건가?

그에게서 다시 한 번 환한 빛이 일었고 그의 모습은 금발을 한 미남으로 변해 있었다.

"이제야 얼굴에서 눈을 떼는구나."

"죄송합니다."

나는 나의 모습이 얼마나 우습게 보였을지 깨달았다.

부끄러움에 얼굴이 뜨겁게 달아올랐다.

드래곤을 보고 반하다니.

요즘 들어 여자만 보면 너무 쉽게 마음을 뺏기는 듯했다.

도통 제어가 되지 않았다.

"괜찮다. 그래, 이제는 내 말을 믿겠느냐?"

"네, 믿습니다."

부끄러움 때문에 나는 빠르게 대답했다.

텔레포트에 폴리모프까지 하는 이를 드래곤이라고 생각하지 않으면 누구를 드래곤이라고 생각하겠는가?

"그렇다면 이제 다시 약속의 인장에 대해 얘기하자꾸나. 내가 그 약속의 인장을 만든 지가 벌써 몇백 년은 흘렀구나. 나와 인연이 있던 엘프 중에 한 명에게 이 약속의 인장을 만들어주었었지. 참 귀여운 아이였는데."

나는 그의 말에 숨 한 번 제대로 쉬지 않고 집중했다.

드래곤이 하는 말의 흐름을 끊고 싶지 않았기에 대답도 호응도 하지 않은 채 가만히 드래곤의 말에만 귀를 기울였다.

"리치가 약속의 인장을 가지고 있었다라. 그 리치가 내가 생각하는 이일지도 모르겠구나. 일단 다시 되살려 봐야겠구나."

리치를 되살려 준다는 드래곤의 말에 나는 놀라움을 금할 수 없었다.

수많은 금이 가 있는 라이프베슬을 복구시키기 위해서는 나의 힘만으로는 부족한 게 사실이었다. 수십 년은 걸려야 복구시킬 수 있을 거라고 생각하고 있던 차에 드래곤의 말은 가뭄의 단비와도 같았다.

"일단 라이프베슬을 가지고 와야겠구나."

그의 모습이 잠시 사라졌다가 다시 돌아왔다.

돌아온 그의 손 위에는 어르신의 라이프베슬이 들려 있었다.

"생각보다 복구가 쉽지는 않겠구나."

그는 라이프베슬을 커다란 유리병에 담았다.

유리병이라고 하기에는 너무 큰 크기였다.

오우거도 충분히 들어갈 정도의 유리병이었다.

"너의 기억을 읽으니 몬스터의 마력을 추출해 라이프베슬에 넣기만 하더구나."

리치가 말한 라이프베슬의 복구 방법이 그것뿐이었기에 나는 다른 방법은 알지 못했다.

"물론 그렇게만 해도 라이프베슬이 복구되기는 하지만 오랜 시간이 걸린단다. 새롭게 마력을 담을 라이프베슬을 만드는 것이 더욱 좋은 방법이란다."

그는 드래곤이었기에 너무나 쉽게 말을 내뱉었다.

인간인 내가 어찌 라이프베슬을 새로 만들 생각을 할 수 있단 말인가?

"라이프베슬을 새로 만들면 그곳에 지금의 라이프베슬을 흡수시켜 새로운 보금자리로 만들면 되는 일이란다. 물론 새로운 마력도 흡수시켜야겠지."

자세히는 알지 못했지만 드래곤 하트에는 마력이 끊임없

이 생성된다는 말을 들어본 적이 있었다. 그런 드래곤이 라이프베슬에 마력을 집어넣는다면 라이프베슬의 복구는 누워서 떡 먹기보다 쉬운 일일 것이다.

"하지만 나의 마력으로 라이프베슬을 채울 수는 없단다. 리치가 나의 마력을 견디지 못하는 게지. 만약 나의 마력을 흡수시킨다면 리치는 이전에 가졌던 기억들을 잃고 나의 노예로만 살아가게 된단다. 그렇게 하지 않기 위해서는 몬스터의 마력을 집어넣어야 하지."

드래곤의 마력을 사용할 수 없다는 말은 다시 사냥을 해야 된다는 말이었다.

다시금 수천 마리의 몬스터에게서 마력을 추출할 생각을 하니 머리가 지끈거렸다.

"그대에게 사냥을 하라는 말은 하지 않을 테니 걱정하지 말게나."

역시 드래곤은 드래곤이었다.

드래곤 앞에서 몬스터 사냥을 걱정하다니 괜한 오지랖이었다.

제4장
리치의 부활

　"어떻게 하실 생각이십니까?"

　드래곤이 리치의 라이프베슬을 되살릴 방법이 궁금했기에
용기를 내서 질문을 던졌다.

　"어려운 일은 아니지."

　그는 가볍게 손가락을 튕겼고 그의 집사로 보이는 리치가
드래곤의 옆으로 다가갔다.

　"너의 라이프베슬을 가지고 오너라."

　드래곤의 말에 절대적인 복종을 하고 있는 리치였기에 그
는 한 치의 망설임도 없이 자신의 목숨과도 같은 라이프베슬

을 드래곤 앞으로 가져갔다.

"이 라이프베슬에 담긴 마력이라면 충분할 것 같구나."

드래곤은 자신의 손에 든 라이프베슬을 어르신의 라이프베슬이 담긴 유리병 안에 집어넣고는 부숴 버렸다.

털썩.

리치는 자신의 라이프베슬이 부서지자 몸에 힘을 잃고 뼛조각만을 남긴 채 바닥에 쓰러졌다.

"흠, 아직 조금 부족해 보이는구나."

유리병 안에 담겨 있는 어르신의 라이프베슬은 한눈에 보기에도 많은 금이 사라져 있었지만 아직 잔금이 남아 있었다.

"잠시만 기다리고 있거라."

순식간에 내 눈에서 드래곤의 모습이 사라졌다.

나는 드래곤의 던전에 혼자 남아 있게 되자 그동안 쌓여 있던 긴장감에 바닥에 주저앉아 버렸다.

"이게 무슨 일인지 하나도 모르겠네. 갑자기 드래곤이라니."

꿈인가 싶어 볼살을 꼬집어도 보았다.

"아야, 아파라."

아픔이 느껴지는 것이 꿈은 아니었다.

바닥에 주저앉은 채 두 손을 바닥에 집고는 긴장을 풀고 있을 때 주변을 진동하는 엄청난 굉음이 들려왔다.

드래곤의 던전이 흔들릴 정도로 엄청난 소리였다.

나는 그 굉음에 귀를 막고 바닥에 엎드려 있을 수밖에 없었다.

그 굉음을 그대로 듣고 있는다면 고막이 터져 버릴 것 같았기 때문이다.

한동안 계속되던 굉음이 조용해지자 나는 귀를 막고 있던 두 손을 떼어내고는 고개를 조심히 들었다.

"조금 시끄러웠겠구나."

이것이 조금 시끄러운 일이라면 많이 시끄러운 소리는 어떤 소리란 말인가.

"무슨 일입니까?"

그의 영역에서 이런 소리를 낼 존재는 아무도 없었기에 소리의 원인이 드래곤일 게 분명했다. 갑자기 굉음을 낸 이유가 궁금했다.

"참 조급한 아이구나. 조금만 기다려 보거라."

굉음에 아직 진정이 되지도 않은 가슴을 놀래키는 진동이 다시금 들려왔다.

쿵! 쿵!

전쟁을 나가기 위해 도열한 군인들의 발자국 소리와 비슷한 소리가 귓가에 들려왔다.

그리고 던전의 입구로 수많은 몬스터가 열을 맞추어 들어오는 장면을 목격할 수 있었다.

몬스터의 눈은 풀려 있었고 오직 드래곤의 앞으로 오는 것만을 생각하고 있는 듯했다.

"이 정도면 되겠지."

"드래곤님 무엇을 하려고 이렇게 많은 몬스터를 모으셨습니까?"

"무엇을 하겠느냐. 라이프베슬을 복구하기 위해 마력이 필요하지 않느냐."

마력을 모으기 위해 몬스터를 불러들이다니.

확실히 스케일이 남다른 존재였다.

"자, 줄을 맞춰 서거라. 1열부터 천천히 앞으로 오너라."

1열이라고 해도 쉰 마리는 넘어 보이는 몬스터였다.

몬스터들은 드래곤의 말에 따라 발을 움직였고 유리병 앞으로 줄을 맞춰 이동했다.

"자, 이제 차례대로 유리병 앞에 달린 작살에 가슴을 가져다 대거라."

1열의 선두에 서고 있던 오우거 한 마리가 드래곤의 말대로 자신의 가슴을 작살에 가져다 대었다. 작살이 얼마나 날카로운지 오우거의 가슴이 작살에 닿자마자 오우거의 가슴에서는 피분수가 뿜어져 나왔다.

"뭐 하느냐, 너도 일을 도와야 하지 않겠느냐."

피분수를 뿜으며 쓰러진 오우거를 치우라는 뜻이었다.

나는 줄을 맞추어 작살에 가슴을 가져다 대는 몬스터를 작살에서 빼내어 한곳으로 치웠다.

몬스터에게서 마력을 추출하는 시간은 1분도 걸리지 않았기에 나는 쉴 새 없이 몬스터를 옮겨야만 했다.

마치 상하차 아르바이트를 하는 것처럼 규칙적으로 몬스터를 작살에서 빼내고 던지는 동작을 반복했다.

팔이 빠질 것만 같았다. 몇십 마리의 몬스터를 던졌는지 기억도 나지 않았다.

팔에서는 서서히 힘이 빠졌고 반복된 동작에서 실수가 나오기 시작했다.

하지만 이런 일들이 리치의 라이프베슬을 복구하기 위한 수단이었기에 그만둘 수는 없었다.

"벌써 해가 지려고 하는구나. 서두르거라."

밤이 찾아온다는 소리가 들려왔다.

드디어 밤이 찾아왔다.

손을 제대로 들지도 못했던 몸에서 힘이 솟구쳤다.

몸을 타고 흐르는 피가 움직이는 것이 느껴졌다.

온몸 구석구석을 돌고 있는 피의 힘에 피로는 사라졌고 작업의 속도는 한층 빨라졌다.

"이 정도면 된 거 같구나."

드래곤의 입에서 나온 작업 중지 명령에 나는 마지막으로 작살에서 몬스터를 빼내어 던지고는 한 발 뒤로 물러섰다.

내가 물러선 거리만큼 드래곤은 유리병 앞으로 다가왔고, 무언가를 조작하자 유리병 안에서는 공기 방울이 생겨나 라이프베슬을 간지럽혔다.

"라이프베슬을 복구하기에 충분한 마력이 모였구나."

드래곤의 능력은 확실히 놀라웠다. 하루도 되지 않는 시간에 라이프베슬을 복구하다니.

나는 괜스레 나의 힘이 조잡하게 느껴졌다.

물론 다른 헌터들이 나의 숨겨진 능력을 알게 된다면 부러운 눈으로 나를 쳐다볼 게 분명했지만 드래곤의 광활한 힘에 비교하면 LED 전등 앞의 반딧불만큼이나 작은 힘이었다.

하지만 드래곤의 힘이 부럽게 느껴지지는 않았다.

비교 대상이 되기에는 드래곤은 너무나 큰 존재였기에.

"이제 라이프베슬 복구가 끝난 겁니까?"

라이프베슬에 가 있던 금이 모두 사라지자 나는 성급하게 드래곤에게 질문했다.

"정말 자네는 성급한 성미를 가지고 있구나. 마력을 보충했다고는 해도 아직 라이프베슬이 완전히 복구된 것은 아니란다. 1주일 정도 유리병 안에서 완전히 회복할 때까지 기다려야 한다. 그동안 자네와 밀린 연구를 하면 되겠구나."

잊고 있던 사실이 하나 생각이 났다.

분명 그는 연구를 위해 수원에 있는 연구 단지에 나타났고 그 실험체로 지목된 사람이 나라는 사실이.

리치의 실험은 겪어 보았지만 드래곤의 실험이라니.

이미 신과 같은 능력을 가지고 있는 드래곤이 인간을 상대로 무슨 실험을 한단 말인가.

"드래곤님, 무슨 실험을 하실 생각이십니까?"

나는 최대한 정중하게 그에게 말했다.

그의 기분을 상하게 해서 좋은 것은 하나도 없었기에 내 목에서 난 목소리라고 믿기지 않을 정도로 부드러운 목소리로 말했다.

"인간 각성자들은 참 신기하더구나. 마법을 배운 것도 아니고 따로 노력을 하지 않고서 새로운 능력을 발휘하는 것에 궁금증이 치밀더구나. 분명 이렇게 된 이유가 있을 것 아니겠느냐. 그것에 대해 연구를 할 생각이란다. 지금이 아니면 시간이 없을 것 같기에 한시라도 빨리 연구를 하고 싶구나."

아니, 무한에 가까운 수명을 가지고 있는 드래곤이 왜 시간이 없다는 말인가?

무슨 급한 약속이라도 있는 것인가?

친구 드래곤과 여행 약속이라도 잡았나?

"드래곤님, 지금이 아니면 안 된다는 말이 무슨 뜻이십니까? 드래곤의 수명은 무한하다고 알고 있습니다만."

"허허, 조만간 긴 잠에 들게 될 것 같구나. 요즘 들어 눈꺼풀이 무거워져서 말이지."

잠을 자기 위한 시간이 부족하다는 얘기에 나도 모르게 입이 벌어질 수밖에 없었다.

잠을 자고 일어나서 연구를 계속하면 되는 일을 굳이 지금 하려고 하는 그의 마음이 이해가 가지 않았다.

"드래곤님, 피곤하시면 지금 잠시 주무시고 일어나서 계속하시면 되지 않으십니까?"

"자고 일어나면 인간들이 다 죽고 없을지도 모르는데 내 어찌 연구를 미룰 수 있다는 말인가."

인간이 죽고 없어질지도 모른다는 그의 말에 발끝이 저려 왔다.

"몬스터 범람이 다시 일어나는 것입니까?"

"몬스터 범람? 그렇지는 않을 것이다. 당분간은 몬스터 범람은 일어나지 않을 것이다. 근데 그건 왜 물어보는 것이냐?"

"그렇다면 왜 드래곤님이 자고 일어나면 인간이 다 죽고 없어질지도 모른다고 하신 겁니까?"

"인간의 수명이라고 해봐야 100년도 되지 않는데 수백 년을 자고 일어나면 무슨 일이 생길지 어떻게 안단 말이냐."

수백 년이라는 시간은 내가 결혼을 해서 아이를 낳고 그 아이가 자식을 낳아도 가지 않을 시간이었다. 그렇게 긴 시간 동안 잠을 잔단다. 아무 짓도 하지 않고 잠만 잔단다.

나의 상식으로는 이해가 가지 않는 드래곤의 수면 방식이었다.

"자, 일단 시간이 없으니 연구실로 돌아가자꾸나."

"이곳에서 연구를 하지 못할 이유라도 있으십니까?"

"너희가 살던 곳에서 생긴 일이니 그곳에서 연구를 하는 것이 맞지 않겠느냐?"

드래곤의 말은 일리가 있었기에 나는 아무런 말도 하지 않고 그의 곁으로 다가갔다.

사실 그의 말에 일리가 없어도 따라야 하는 상황이긴 하지만 말이다.

그는 처음 던전으로 이동할 때와 마찬가지로 짧은 주문을 외웠고, 나는 눈을 감았다 떴을 뿐인데 드래곤과 함께 연구실로 돌아와 있었다.

"자, 연구를 시작해 보자꾸나."

드래곤은 나를 침대에 눕혀 이상한 실험 도구를 꺼내기 시작했다.

분명 드래곤은 나의 목숨을 보장한 상황이었다.

리치가 한 말이었다면 의심이 가겠지만 드래곤이 일개 인간에게 거짓말을 할 이유가 없었기에 목숨을 잃을 걱정은 되지 않았다.

하지만 사람의 심리라는 게 하나를 얻으면 다른 하나를 얻고 싶은 욕심이 생기게 마련이었다.

"드래곤님, 혹시 저에게 걸린 저주를 해결할 방법은 없습니까?"

내가 가진 저주라고 하면 뱀파이어의 순혈의 부작용에 대한 것이었다.

몬스터의 힘을 흡수하지 않는다면 1년의 수명밖에 유지할수 없는 제약을 드래곤이라면 풀 수 있지 않을까 하는 희망이생겼다.

"내 너의 기억을 읽으며 뱀파이어의 순혈에 대한 사실을알게 되었단다. 뱀파이어를 몇 번 만난 적은 있지만 순혈의뱀파이어에 대한 존재는 알지 못하는구나. 그는 내가 살던 세계에는 존재하지 않는 이란다. 일단 연구를 해봐야 알겠지만정확한 확답을 주지는 못하겠구나."

드래곤이 해결하지 못하는 일도 있다니.

모든 일을 쉽게 할 것만 같던 드래곤에게 배신감이 느껴졌다.

갖은 폼은 다잡으면서 저주 하나 풀지 못하다니.

"아니면 리치로 만들어주랴? 리치로 만든다면 너에게 걸린 저주는 단번에 풀리게 될 거라고 확신할 수 있단다."

어르신과 같은 말이 드래곤의 입에서 나왔다.

아니, 왜 이토록 사람의 목숨을 쉽게만 생각하는지……. 나는 아직 결혼도 하지 못했는데 아이를 가지지도 못하는 리치가 되고 싶은 생각은 조금도 없었다.

"아닙니다. 그냥 견디겠습니다."

차라리 몬스터의 피를 빼는 것이 낫지 리치가 되고 싶지는 않았다.

"흠, 좋은 방법을 두고 왜 먼 길을 돌아가려고 하는지 모르겠구나."

들을 가치도 없는 드래곤의 말을 한 귀로 듣고 흘렸다.

"더 질문이 없다면 실험을 시작하겠다. 실험이 시작하기 전에 내 약속 하나를 하마. 얌전히 실험에 응해준다면 너에게 꼭 필요한 선물을 하나 하겠다. 몬스터의 힘을 흡수해야 하는 너에게는 꼭 필요한 선물일 게다."

움찔.

달콤한 선물을 약속하는 드래곤의 말에 나는 그가 어떤 선물을 나에게 줄지 기대되었다.

'드래곤이라고 하면 역시 마법이지. 드래곤에게 마법을 배우게 되는 것인가? 아니면 정령? 자연 친화력이 뛰어난 드래곤이라면 정령 한 마리쯤은 나에게 줄지도 모르지.'

달콤한 상상에 시간이 어떻게 가는지도 몰랐고 그날 하루의 실험이 끝이 났다.

나는 실험 도중 어떤 선물을 줄 건지 물어보고 싶었지만 연구에 집중하고 있는 드래곤에게 차마 물어볼 수는 없었다.

드래곤의 선물이니 알아서 좋은 능력을 주겠지.

드래곤의 실험이라고 해도 딱히 어렵거나 힘든 일은 없었다.

리치처럼 나의 피를 뽑는 일도 없었다.

단지 내 몸을 통해 몇 가지 힘을 넣었다 뺄 뿐, 오히려 지루한 감이 들 정도였다.

*　　　　*　　　　*

"그런데 몬스터 도어가 왜 생기게 된 겁니까?"

나는 며칠간 실험체로서의 임무에 충실히 임했기에 드래곤과 어느 정도 친분을 쌓을 수 있었고 한 번씩 질문을 던졌다.

"몬스터 도어가 생기게 된 이유를 설명하려면 너희가 몬스터 월드라고 부르는 세상에 대해 설명하는 게 우선이겠구나."

오늘 실험이 끝난 건지 드래곤은 실험 도구를 한편으로 치우며 말했다.

"몬스터 월드는 지구와는 다른 형태의 세계란다. 지구는 둥근 형태로 이루어져 있지만 몬스터 월드는 빌딩의 형태처럼 층으로 이루어져 있단다. 먼저 가장 위층에 살고 있는 몬스터는 가장 약한 축에 속한단다. 너희가 말하는 B급 이하의 몬스터 도어가 연결되어 있는 곳이기도 하지. 그리고 A급 몬스터 도어가 연결된 곳은 두 번째 층으로 연결되는 입구란다. 총 3개의 층으로 이루어져 있는 몬스터 월드는 나름 안정성을 띠고 있었지. 약육강식의 법칙에 따라 적절한 숫자를 유지하며 잘 돌아가고 있었어. 그런데 200년 전에 한 존재가 나타나면서 그 고리가 깨지고 말았단다. 그는 평화를 사랑하는 존재였지. 그는 몬스터끼리의 약육강식의 법칙을 이해하지 못했단다. 생존을 위해 사냥을 하는 것까지는 몰라도 영역 다툼을 하며 많은 몬스터가 죽어나가자 그는 그런 모습을 참지 못하고 특단의 조치를 내렸단다."

"무슨 조치를 말입니까?"

드래곤의 말은 청산유수처럼 쏟아져 내렸고 나는 나름 좋은 타이밍을 재며 호응을 해주었다. 말이라는 게 들어주는 사람의 반응이 좋아야 더 하고 싶은 법이 아니겠는가?

"그는 몬스터들에게 자신의 권능을 심었지. 생존을 위한 공격을 제외하고는 서로를 공격하지 못하는 권능을 말이다. 마치 너에게 끼워져 있는 약속의 인장과 비슷한 힘을 모든 몬스터에게 걸었다고 보면 된단다."

좋은 방법인 것 같았다.

공격성이 없는 몬스터라? 상상이 잘 가지는 않았지만 그렇게 된다면 몬스터를 무서워할 이유가 없었다. 그런데 왜 그런 조치가 몬스터 도어의 생성과 연관이 있다는 말인지 이해가 가지 않았다.

"200년 동안 몬스터는 안정을 찾았단다. 어떤 존재든 안정을 찾으면 가장 먼저 하는 일이 무엇인지 알고 있느냐?"

안정을 찾는다? 인간의 관점으로만 생각한다면 안정을 찾으면 여행을 가고 결혼을 하고 안락하게 살지 않을까?

나는 머릿속에 떠오른 얘기를 드래곤에게 했다.

"만약 제가 생활에 안정을 찾으면 여행도 가고 결혼도 하고 즐기면서 인생을 살 것 같습니다."

"그래, 네 말이 맞단다. 몬스터 또한 자네와 다르지 않았지. 목숨을 위협받는 일이 줄어들자 몬스터들은 개체수를 늘려 나가기 시작했다. 처음 100년이 지났을 때는 보기 좋은 모습이었지. 몬스터 월드를 뛰어노는 수많은 몬스터. 그들의 모습에는 아쉬운 게 하나도 보이지 않았지."

"그러면 무엇이 문제란 말씀이십니까?"

"100년이 넘어가자 본격적인 문제가 생겨나기 시작했단다. 더는 몬스터가 살아갈 공간이 부족해진 거지. 그랬기에 아직 공간이 있는 2층과 3층에서도 1층의 몬스터들을 받아들

였지만 몇 년이 지나지 않아 몬스터 월드의 전 층이 포화 상
태가 되어버렸단다. 한번 상상을 해보거라. 좁은 방 안에 수
십 마리의 몬스터가 뭉개져 살아가고 있는 것을."

드래곤의 말에 나는 곧바로 동생들과 살고 있는 집이 상상
되었다.

좁은 집이긴 했지만 동생들과 옹기종기 지내는 재미도 있
었다.

하지만 그것이 동생들이 아니라 덩치가 산만 한 몬스터라
고 생각을 하자 절로 얼굴이 찌푸려졌다.

"그래서 몬스터 범람이 일어난 건가요? 비좁아진 몬스터
월드를 정화하기 위해서?"

"그래, 틀린 말은 아니구나. 하지만 그렇다고 해서 몬스터
들이 몬스터 도어를 만들어낼 능력은 없었지. 무려 50년 동안
이나 몬스터들은 비좁은 몬스터 월드에서 지내야만 했단다.
개체수는 하루가 다르게 늘어만 가는 실정이었지."

나는 근본적인 질문이 떠올랐다.

몬스터 월드가 비좁아져 숨조차 제대로 쉴 수 없는 상황이
왔다면 전지전능한 능력을 가지고 있는 드래곤들이 왜 움직
이지 않았을까?

"드래곤님들이 해결할 수도 있는 문제지 않습니까?"

"우리는 그렇게 쉽게 움직일 수 있는 존재가 아니란다. 물

론 유희를 하며 몬스터들을 죽여 수를 줄일 수는 있겠지만 몬스터의 번식 속도를 감당할 정도는 아니지."

"그렇다면 누가 몬스터 도어를 만든 겁니까? 처음 몬스터에게 권능을 심은 존재가 한 일입니까? 하지만 지금 몬스터들을 보면 종종 서로에게 공격을 하곤 합니다."

"그래, 그가 한 일은 아니지. 그의 제자 11명이 벌인 일이란다. 그들은 자신의 스승을 봉인시키고 몬스터 월드의 정화를 위해 몬스터들에게 심어져 있던 권능을 회수했단다. 하지만 그것만으로는 몬스터 월드가 정화되기에는 너무 먼 길을 왔지."

"그렇다면 11명의 제자가 몬스터 도어를 만든 건가요?"

"그래. 그들이 몬스터 도어를 만들었고 그곳을 통해 몬스터를 빠르게 내보냈단다. 그 결과 어느 정도는 몬스터 월드에 균형이 잡혀졌지."

몬스터 월드의 균형을 위해 우리가 희생양이 되었다는 말과 다를 바가 없었다.

몬스터들의 손에 찢긴 사람들의 모습이 떠올랐다.

그들은 무슨 죄가 있어 이런 일을 당해야 했던 것이란 말인가.

"지금 몬스터 월드에 균형이 잡혔다면 왜 몬스터 도어를 없애지 않은 겁니까?"

"차원과 차원을 연결하는 몬스터 도어를 만드는 일이 쉬울 것이라고 생각하느냐? 절대적인 힘을 가지고 있는 그들이었지만 몬스터 도어를 만드는 데 가진 힘 대부분을 사용하였지. 그들은 지금 깊은 동면에 빠져 있는 상태란다. 그랬기에 몬스터 도어를 닫지 못하고 있는 거지."

"그렇다면 몬스터 도어를 없앨 방법은 없는 것입니까?"

"방법이 없는 것은 아니란다. 몬스터 도어를 유지하는 임무를 가지고 있는 존재들을 없애기만 하면 되지. 11명의 제자에게 힘을 부여받은 몬스터들이 몬스터 도어를 유지하고 있단다. 그들의 목숨을 뺏는다면 자연스레 몬스터 도어는 유지력을 잃어버리고 사라지게 된단다."

"그들은 강합니까?"

바보 같은 질문이었지만 중요한 질문이기도 했다.

몬스터 도어를 유지하고 있는 몬스터를 사냥하기만 한다면 더는 몬스터 범람을 걱정할 일은 없는 것이었다.

몬스터 도어는 정부 차원에서 봉인을 했다고는 했지만 아직도 몇 달에 한 번씩 소수의 몬스터가 몬스터 도어를 뚫고 나오는 일이 발생했다.

물론 이번 수원 지역의 몬스터 범람만큼의 피해는 없었지만 안심할 수는 없었다.

"인간의 입장에서 본다면 그들은 강하지. 예를 들어주면 이곳에 있는 몬스터 도어를 수호하고 있는 몬스터는 드레이크란다. 11명의 제자에게 힘을 부여받은 드레이크는 일반 드레이크보다 몇 배는 큰 덩치를 가지고 있고 불을 자유자재로 다룬단다. 이번에 리치를 상대하기 위해 모인 헌터들이 다시 모인다면 잡을 수는 있겠지만 살아 돌아가는 자가 많지는 않을 것이다."

몬스터 도어를 제거할 방법을 알게 되었지만 그 방법을 실행하는 것은 불가능에 가까웠다.

"그런데 몇 년 동안 몬스터 도어를 통해 넘어오는 몬스터의 숫자가 많지 않은데 이제 대대적인 몬스터 범람은 끝난 건가요?

당분간 몬스터의 범람이 일어나지는 않는다고 한 적은 있었지만 그 기간은 정확히 몰랐기에 드래곤에게 몬스터 범람에 대해 물었다.

"현재는 숨을 고르는 중이라고 하면 되겠구나. 최소 1년 안에는 몬스터 범람이 일어나지 않는다고 말할 수는 있지만 언제 다시 몬스터 범람이 일어날지는 모르겠구나. 그게 1년 후가 될지 아니면 100년 후가 될지 말이다."

나는 드래곤의 말에 허탈함을 느껴야만 했다.

다시 한 번 몬스터 범람이 일어난다며?

이전에야 군대와 신식 무기들이 있었기에 어찌어찌 막아냈다고는 하지만 지금은 군대라는 조직이 힘을 잃은 지 오래였다.

물론 헌터들이 남아 있긴 했지만 헌터만으로 몬스터의 범람을 막아내는 것은 불가능에 가까웠다.

　"이제 얘기는 그만하고 가보자꾸나."

　갑자기 자리에서 일어나는 드래곤이었다.

　나는 그에게 다른 장소로 이동한다는 말을 들은 적이 없었다.

　"어디를 가는 겁니까?"

　"이제 리치가 동면에서 깨어날 시간이 되었다."

　언제부터인지는 몰라도 어느새 드래곤의 손 위에는 멀쩡한 모습의 라이프베슬이 들려 있었다. 그 모습에 나도 모르게 소리쳤다.

　"라이프베슬의 복구가 끝난 겁니까?"

　"그렇단다. 리치가 있는 곳으로 이동하자꾸나."

　이미 나의 기억을 모두 읽은 드래곤이었기에 리치가 있는 곳으로 텔레포트를 시전하였다.

　오랜만에 보는 장소에 가슴이 벅차오르기 시작했다.

　헌터들과의 전투 때문에 쑥대밭이 되어버린 실험실 주변이었지만 나에게는 몬스터 월드 어떤 곳보다 애착이 가는 장소였다.

　바위로 막아놓은 금고의 입구가 보였다.

나는 당장에 바위를 옆으로 치웠고 흙을 파내기 시작했다.

그리고 좁은 금고에서 어르신을 발견할 수 있었다.

아직은 완전히 깨어난 상태는 아니었는지 두 눈에 박힌 보석의 빛이 약했다.

"어르신, 제가 왔습니다. 어서 눈을 뜨세요."

눈을 뜨라는 말이 맞는지는 모르지만 진심을 담아 그가 전처럼 움직이길 기원했다.

그리고 나의 기도가 이루어지려는지 그의 몸이 조금씩 움직이기 시작했다.

두 눈은 점점 강한 빛을 내기 시작했고 손가락 끝이 움직이는 것을 볼 수 있었다.

"시간이 얼마나 흘렀는가?"

긴 잠을 깨고 일어난 그가 한 첫마디였다.

그는 아직 완전히 일어서지는 못하는지 금고의 벽에 기대어 앉아 있었다.

"일어났는가?"

드래곤이 리치에게 첫마디를 던졌다.

리치는 자신에게 친근하게 말을 거는 존재가 누구인지 알아보기 위해 힘겹게 고개를 들었다.

"네르키스 님!"

리치는 앉아 있기에도 힘든 몸을 일으켜 세우려고 노력했고 나는 몇 번이나 넘어지는 그를 부축해 세웠다.

"그래, 오랜만이구나. 네가 리치가 되어 있을 줄은 몰랐구나. 진작 알았다면 한 번쯤은 찾아와 보는 건데. 나는 네가 이미 죽은 줄 알았단다."

세상을 초월해서 사는 드래곤에게 어느 누가 이렇게 친근한 말을 들을 수 있단 말인가?

리치와 드래곤의 관계가 궁금해졌다. 하지만 이산가족 상봉 같은 분위기에서 쉽사리 말을 꺼낼 수는 없었다.

"정말 오랜만입니다, 네르키스 님. 차마 찾아갈 수가 없었습니다."

"지금에라도 봐서 다행이구나. 내 동면의 시간이 얼마 남지 않아 오랜 시간 얘기를 할 수는 없지만 짧게라도 너를 봐서 정말 기분이 좋구나. 자, 이것을 받거라."

드래곤은 리치에게 라이프베슬을 건네었다.

"내 특별히 라이프베슬에 방어 마법을 설치해 놓았으니 전처럼 쉽게 부서지는 일은 없을 것이야."

라이프베슬에 특별 서비스를 할 정도의 사이라니.

드래곤과 리치의 관계가 점점 더 궁금해졌다.

"감사합니다, 네르키스 님."

"그리고 자네는 이것을 받게나."

드래곤이 나에게 건넨 것은 금색 목걸이였다.

파란색 보석이 박혀 있는 금색 목걸이는 보석에 대해 문외한에 가까운 나일지라도 귀한 물건처럼 보였다.

"이 목걸이가 무엇입니까?"

"이 목걸이는 몬스터 월드와 지구와의 차원 이동을 할 수 있는 물건일세. 쉽게 말해 몬스터 도어를 가지고 다닌다고 생각하면 될 걸세. 한 번이라도 가본 장소라면 어디든지 이동할 수 있는 물건이지. 내가 최근에 만든 역작 중의 역작이지."

개인용 몬스터 도어라니.

인간이라면 누구나 순간 이동을 하길 원한다. 그리고 그것을 이루어지게 하는 물건이 지금 내 손 안에 들려 있었다.

"감사합니다, 드래곤님. 아니, 네르키스 님."

나는 리치가 드래곤을 네르키스라고 부른다는 것을 기억했기에 그의 이름을 불렀다.

단지 드래곤이라고 부르는 것보다 이름을 부르는 것이 더욱 친근감이 느껴졌기 때문이다.

"그래, 자네 이름이 추용택이라고 했었던가?"

"네, 그렇습니다. 추용택입니다."

"그래, 그동안 고마웠다네, 자네 덕분에 지구에 있는 인간에 대한 호기심을 어느 정도 풀 수 있었다네."

그의 말에서 벌써 이별을 준비한다는 것을 느낄 수 있었다.

"동면이 끝나고 나서 너의 모습을 다시 볼 수 있었으면 좋겠구나."

드래곤은 리치를 바라보며 말했다.

"알겠습니다. 무슨 일이 있더라도 네르키스 님을 보기 전까지는 죽지 않고 기다리겠습니다."

드래곤의 수면 기간이 수백 년에 달한다고 했다.

너무도 쉽게 수백 년을 기다린다는 리치의 말이 믿기지는 않았지만 그의 눈을 보고 있자니 진심이라는 것을 알 수 있었다.

"그럼 나는 이만 돌아가 봐야겠구나."

마지막으로 따듯한 눈빛으로 리치를 쳐다보고는 네르키스는 사라져 버렸다.

*   *   *

아직 드래곤에게 묻지 못한 말들이 많았다.

그들이 몬스터 범람까지 동원해 무엇을 연구하고자 하는지도 묻지 못했다.

며칠간 그에게 실험체가 되어주었고 그 이유에 대해서 알 권리 정도는 있다고 생각했다.

하지만 그런 질문을 할 틈도 주지 않고 그는 자신의 던전으로 이동했다.

던전까지 따라가 물어볼 수는 없었기에 질문할 권리를 포기해야 했다.

나는 아쉬움을 뒤로하고 리치를 쳐다보았다.

아직 드래곤과의 대화에서 헤어 나오지 못하고 있는지 그는 나에게 관심을 보이지 않고 있었다.

내가 그를 살리기 위해 얼마나 노력했는지 그가 잘 알지 못하고 있는 것 같았기에 조금은 섭섭한 마음이 들었다.

"어르신, 고생하셨습니다."

나는 리치의 상념을 깨기 위해 일부러 큰 목소리로 그에게 말을 걸었다.

리치는 그제야 나를 바라보았다.

"고맙구나. 이렇게 빠르게 부활할 수 있을 거라고는 생각도 하지 못했단다. 아니, 영원히 땅속에 묻혀 지낼 거라고 생각하고 있었단다."

고마움이 묻어 나오는 말을 듣자 마음 한편에 생겨났던 섭섭함이 사라졌다.

사실 그가 부활하기 위한 대부분의 마력은 내가 아니라 드래곤의 힘으로 모았던 것이기에 내가 그에게 생색을 낼 수도 없는 일이다.

"시간이 늦었구나. 일단 안으로 들어가서 마저 얘기를 하자꾸나."

이미 폐허가 되어버린 실험실이었기에 들어갈 장소가 없다고 말을 하려는 찰나, 리치의 손이 움직이며 빠른 속도로 실험실을 이전의 모습으로 돌려놓았다.

물론 부서진 실험 도구까지 되돌리지는 못했지만 실험실이라고 부를 정도의 모습이었다.

나는 실험실에 있던 돌로 만든 침대에 앉아 생각을 했다.

드래곤과 지냈던 시간이 마치 꿈처럼 느껴졌다.

갑작스레 나타나 갑작스레 사라진 드래곤의 존재가 신기루가 아닐까라는 생각마저 들었다.

"네르키스 님과는 어떤 인연이 있으신 겁니까?"

드래곤과 친분이 있는 리치는 상상이 가지 않았다.

물론 드래곤의 던전을 관리하는 리치를 보긴 했지만 어르신은 그런 존재도 아니었다.

"그것은 나중에 설명해 주면 안 되겠느냐?"

슬픔이 서려 있는 그의 목소리에 대답을 강요할 수는 없었다.

우울한 분위기가 견디기 힘들었기에 얼른 다른 화제로 얘기를 돌렸다.

"계속 연구를 하실 생각이십니까?"

"아니, 연구는 이제 그만할 생각이란다. 네르키스 님을 위해 던전을 관리할 생각이란다. 너는 이제 무엇을 할 생각이냐?"

나에게는 새로운 목표가 생겼다.

단지 수명을 늘리기 위해 몬스터 사냥을 하는 것이 아니라 더욱 거창한 목표였다.

실현 가능성이 높지는 않았지만 그랬기에 더욱 이루고 싶은 목표였다.

"몬스터 도어를 유지하는 몬스터를 사냥할 생각입니다."

"힘든 일이다. 그들의 힘은 네가 생각하는 그것보다 더욱 강하단다."

"알고 있습니다. 네르키스 님에게 들어 그들이 얼마나 강한지 똑똑히 알고 있습니다. 하지만 꼭 해야 되는 일입니다."

내가 그들을 물리쳐야 된다는 법은 없었다.

하지만 누군가 그들을 물리쳐 주길 기다리는 동안 몬스터 범람에 가족들과 마을의 안전을 장담할 수 없었다.

나는 지구로 돌아가는 순간 나와 뜻을 같이할 멤버들을 모을 생각이었다.

물론 쉽지는 않은 일이다.

누가 자신의 목숨을 바쳐 인류를 위해 발 벗고 나서겠는가?

아무도 나와 같이하지 않는다고 해도 혼자서라도 목표를 이루고 싶었다.

리치와의 대화를 마치고 목걸이를 이용해 떠나려 할 때 리치가 목걸이에 대해 짧은 설명을 해주었다.

"목걸이에는 마법 면역 기능도 포함되어 있구나. 내가 가진 마법적 지식으로는 정확히 파악하지는 못하지만 최소 6서클 정도의 마법 공격을 하루에 한 번 정도는 막을 수 있을 것 같구나. 그리고 텔레포트 능력도 하루에 두 번 정도 사용할 수 있는 마력이 포함되어 있구나."

확실히 드래곤이 만든 마법 아이템이었기에 특수 기능도 탁월했다.

내가 따로 충전을 하지 않아도 자체적으로 마력을 흡수해 텔레포트가 가능하다니.

그리고 마법 면역 기능은 여벌의 목숨을 가지고 있는 것과 같은 느낌을 주었다.

짧은 기간 동안 실험체가 된 보수라고 하기에는 너무 값진 물건이었다.

나는 사람들의 눈앞에 갑작스레 나타나면 괜한 주목을 받을 것 같아 사람이 없을 법한 장소를 골라 떠올리며 목걸이를 만지작거렸다.

확실히 드래곤이 만든 아이템인 만큼 그 효과는 탁월했다.

나는 아무런 부작용도 없이 원했던 장소로 이동할 수 있었다.

연구 단지로 돌아온 나는 곧장 숙소가 있는 곳으로 이동했다.

다행히 헌터들이 철수를 하지 않고 있었기에 나는 복귀 신고를 하기 위해 정문으로 다가갔다.

"복귀했습니다."

처음 나를 보는 감시병은 내가 누군지 잘 알지 못하는 눈치였다.

마침 정문을 지나는 헌터가 나를 알아보지 못했으면 한참이나 실랑이를 해야 할 판이었다.

물론 그 헌터가 나를 보고 상당히 놀라며 귀신을 본 듯 대하기는 했지만 그 덕분에 어렵지 않게 숙소로 들어올 수 있었다.

숙소로 가는 길목에서 만난 여러 헌터의 반응도 다르지 않았다. 입을 벌리고 쳐다보는 이도 있었고 소리를 치는 이도 있었다.

그들을 무시하고 숙소로 돌아오자 텐트 앞에서 불쌍하게 앉아 있는 사장의 모습을 발견할 수 있었다.

"사장님, 돌아왔습니다."

내 목소리가 너무 작았던 것일까?

사장은 아무런 반응도 보이지 않고 여전히 땅만 긁고 있었다.

다시 한 번 크게 인사를 했다.

"사장님! 저 돌아왔습니다."

"헉, 용택아!"

사장은 바닥을 긁고 있던 나뭇조각을 집어 던지고는 나를 끌어안았다.

숨이 막힐 정도로 손에 힘이 들어가 있었기에 숨이 막히는 느낌이 들었지만 그가 얼마나 나의 복귀를 환영하는지 알 수 있었기에 차마 손을 뿌리칠 수는 없었다.

"잘 돌아왔다. 정말 고생이 많았어."

"아닙니다. 편안히 있다가 왔습니다. 오히려 이곳보다 더 편하던데요?"

사장과 몇 마디의 말을 나누지도 못했는데 대구 지역 지부장이 텐트로 찾아왔다.

그 또한 다른 헌터와 다르지 않게 상당히 놀라며 나를 반겼다.

"고생하셨습니다. 몸에 문제는 없으십니까?"

"네, 몸에 이상 없이 돌아왔습니다."

나는 발을 통통 튀어 보이며 나의 건강함을 알렸고 그는 나의 모습에 안도하는 듯한 모습을 보였다.

"제가 중요한 정보를 가지고 왔습니다."

나는 몬스터 도어를 없애기 위한 방법을 헌터 협회와 공유

하고자 했다.

혼자의 힘보다는 헌터 협회의 힘을 빌려 몬스터 도어를 파괴하는 것이 훨씬 가능성이 있는 방법이었기 때문이다.

"무슨 정보입니까?"

지부장과 사장은 나의 말에 집중했고 나는 몬스터 도어를 유지하고 있는 몬스터에 대한 정보를 풀어놓았다.

"그렇다면 그 몬스터만 없애면 몬스터 도어가 사라진다는 말씀이십니까?"

"그렇습니다. 하지만 그 몬스터를 없애기 위해서는 헌터의 피해를 감수해야 합니다."

"이럴 게 아니라 저와 함께 헌터 협회로 가서 마저 말을 하는 게 나을 것 같습니다."

그에게 있는 권한이라고 해봐야 대구 지역에 국한되어 있기에 각 지역 헌터 협회 지부장들이 있는 막사로 가서 얘기를 하는 것이 나은 방법이라고 생각되었다. 해서 그의 뒤를 쫓아 가장 큰 막사가 있는 곳으로 향했다.

이미 내가 복귀했다는 보고를 들었던지 막사에는 각 지역의 지부장들이 모여 나를 기다리고 있었다.

다시 몬스터 도어에 대한 얘기를 해야 하는 수고를 감수하며 그들에게 몬스터 도어 파괴법을 설명했다.

그들은 나의 얘기를 다 듣고 나서 나를 돌려보냈다.

회의는 밤이 돼서야 끝났는지 막사의 침낭 속에서 자고 있는 나를 지부장이 흔들어 깨워 다시금 헌터 협회가 있는 막사로 데려갔다.

막사로 들어가자 차갑게 굳어 있는 사람들의 모습을 볼 수 있었다.

긴 시간 동안 이루어진 회의가 어떤 방향으로 결론이 났는지는 알지 못했지만 그들의 표정으로만 보았을 때는 좋은 방향은 아닌 것 같았다.

"일단 자네가 알아 온 정보는 감사히 생각한다네. 하지만 그 말에 신뢰성이 높다고는 생각되지 않는다네."

헌터 협회장의 말에서 나는 내가 의심을 받고 있다는 것을 느꼈다.

다른 지역 지부장들은 노골적으로 나에게 적개심까지 보이고 있었다.

내가 목숨을 걸고 알아 온 정보의 대가가 고작 이것이란 말인가?

나를 도와주지 않는다고 해도 그들을 탓할 생각은 없었다.

하지만 이런 노골적인 적개심이라니.

"아니, 몬스터 범람에서 벗어날 유일한 방법입니다. 내 말을 믿지 못한다고 해도 충분히 해볼 가치가 있는 일입니다."

"아니. 자네가 리치에게 세뇌를 당해 우리를 몬스터의 아가리로 들이미는 것일지도 모르지."

이런 사고를 가진 자가 한 지역을 담당하는 지부장이라니.

너무도 편협한 사고를 가지고 있는 이였다.

물론 자신의 목숨을 버리면서까지 몬스터 도어를 파괴할 생각이 없다는 것은 이해가 갔다.

하지만 자신의 이기심을 숨기기 위해 나에게 누명을 씌운다는 것은 도저히 이해가 가지 않았다.

"아니, 저의 어떤 모습이 리치에게 세뇌당했다는 것입니까? 목숨을 걸고 알아 온 정보가 이 정도 가치밖에 없는 것입니까?"

"리치와 자네 사이에 무슨 일을 벌어졌는지 우리가 어떻게 알겠는가? 리치의 앞잡이가 되었는지도 모르지."

나의 기분을 나쁘게 하기 위한 목적으로 하는 말이었다면 그는 목적을 달성했다.

물론 추첨을 통해 내가 리치의 실험체가 되었지만 나로 인해 그들은 목숨을 구했다고 해도 틀린 말은 아니었다.

그런 나에게 이런 반응을 보이는 지부장들에게 환멸이 느껴졌다.

"그래서 무엇을 더 말하고 싶은 겐가? 우리 모두가 몬스터 월드에 들어가 떼죽음을 당하는 것을 원하는 건가?"

그들과 더는 말이 통하지 않는다는 것을 깨달았다.

의미 없는 시간을 보내고 싶은 마음은 없었기에 나는 아무런 대꾸도 하지 않았고 막사를 나와 숙소로 돌아왔다.

다음 날 아침이 될 때까지 나는 배신감에 잠을 이루지 못했다.

그리고 다음 날 아침이 되어 아침 식사를 위해 식당으로 향했을 때 나는 또 한 번 배신감에 몸을 떨어야 했다.

각 지역 지부장들이 나의 말을 헌터들에게 어떻게 전했는지 몰랐지만 그들은 노골적으로 나를 무시하고 있었다.

나를 향해 손가락질을 했고 야유를 퍼부었다.

그런 행동들은 연구 단지에 몬스터가 없다는 것을 알고 소집 해제 명령이 떨어져 대구로 돌아가는 버스 안에 타기 전까지 계속되었다.

나의 기분을 풀어주기 위해 사장이 농을 던졌지만 그의 농을 받아줄 정도의 정신조차 없었다.

대구로 돌아가는 버스 안에서 나는 아무런 말도 하지 않고 극심한 두통에 시달려야 했다.

얼마 되지 않는 사례금을 받고 돌아가는 길에서도 두통은 끊이지 않고 나를 괴롭혔다.

전과 다름없는 활기찬 마을의 모습이 보여서야 두통이 조금은 약해졌다.

"오빠! 돌아오셨어요?"

나를 기다리고 있었던지 마을 입구에서 동생들이 뛰어나와 나에게 안겨왔다.

동생들을 한 명 한 명 꼭 끌어안아 주자 거짓말같이 두통이 없어졌다.

그래, 이제는 오직 동생들과 마을을 위해 움직일 것이다.

너희가 나를 배척한 만큼 나도 너희들을 위해 움직이지 않을 것이다.

앞으로 헌터 협회의 소집 명령에 절대 응하지 않을 것이다.

나의 힘은 오직 동생들을 위해 사용할 것이다.

너희가 아무리 후회를 해도 소용없을 것이다.

"이제 들어가서 밥 먹자. 나 배고파."

나에게 아무런 거짓 없는 웃음을 보이는 동생들을 데리고 마을 사람들이 있는 곳으로 향했다. 마을 사람들은 나의 모습에 눈물까지 훔쳐 가며 반겼고 나는 그들의 모습에서 헌터 협회에서 받았던 수모를 잊을 수 있었다.

제5장
성장기

몬스터 도어를 유지하는 몬스터를 편의상 보스급 몬스터라고 부르기로 마음먹었다.

보스급 몬스터는 현재 대구에만 열두 마리였다.

대구에서 일어난 불기둥이 열두 개였기에 보스급 몬스터도 열두 마리가 되는 것이다.

어르신 또한 보스급 몬스터에 대한 정보를 알고 있었다.

그는 드래곤 던전으로 떠나기 전 나에게 마지막 선물을 하나 주었다.

바로 보스급 몬스터의 위치를 찾을 수 있는 내비게이션 같은 물건이었다.

차량용 내비게이션만큼 자세한 위치를 알지는 못했지만 대략적인 방향을 파악할 수 있는 물건이었다.

단순한 나침반처럼 생긴 내비게이션이었지만 나에게는 유용한 물건임이 틀림없었다.

하지만 내가 나침반을 받아 들고 가장 먼저 한 일은 대구에 있는 D급, C급 몬스터 도어에 몰래 숨어드는 일이었다.

마녀사냥의 무서운 점이 무엇인지 아는가?

처음 마녀로 지목을 당하면 몇 사람만이 의심을 한다.

하지만 그 의심의 불길은 꺼지지 않고 그 크기를 키워가고 결국에는 모든 사람이 그 대상을 의심하고 배척하게 마련이다.

처음 헌터 협회에게 배척을 당할 때까지만 해도 대구 지역 헌터 협회에서는 나를 보호하려는 입장이었지만 며칠이 지나지 않아 그들의 눈빛에서도 다른 지역 헌터들의 눈빛과 다르지 않은 감정을 느낄 수 있었다.

결국 나는 몬스터 도어에 대한 입장을 제한당하고 말았다.

이는 헌터에게 사형선고를 한 것과 다름이 없는 일이다.

그러나 사형선고를 받았다고 얌전히 전기의자에 앉고 싶은 마음은 없었기 때문에 나는 은신을 이용해 헌터 회사가 몬스터 도어를 입장하는 순간에 맞춰 몬스터 도어에 숨어들며 한적한 곳을 찾아다녔다.

나에게는 개인용 몬스터 도어가 있었기 때문에 한 번이라도 가본 장소에는 순간 이동으로 다시 갈 수 있었다. 몬스터 도어의 입장 제한은 큰 타격은 아니었다.

하지만 몬스터 월드에 자유롭게 드나들 수 있다고 해도 문제가 있었다.

바로 돈이었다.

더는 마정석을 정식 절차대로 환전하지 못하기에 나는 자금난에 빠질 게 분명했다.

이미 모아둔 돈이 있기는 했지만 돈은 구멍 난 항아리처럼 금세 빠져나가고 있었다.

그런 나에게 도움을 준 건 헌터 중에 유일하게 나와 인연의 끈을 유지하고 있는 사장이었다.

한국에 있는 모든 헌터를 믿지 못하지만 단 한 명, 사장만은 믿을 수 있었다.

나는 몬스터 도어에서 구해온 마정석과 아이템들을 사장에게 맡겼다.

몬스터 도어로 들어가는 순간에는 수색 절차가 없다는 것을 이용한 방법이었다.

덕분에 많은 마정석을 환전할 수는 없었지만 마을을 유지하기에는 충분한 돈을 만들 수 있었다.

여기서 더 욕심을 부린다면 사장도 위험해질 수 있었다.

지금은 욕심을 부릴 때가 아니었다. 잠시 숨을 고를 때였다.

C, D급 몬스터 도어를 한 번씩 다 들어가고 나서 나는 기회를 노려 대구에 하나밖에 없는 B급의 몬스터 도어까지 잠입할 수 있었다.

이제 더는 몬스터 도어에 몰래 들어갈 이유가 없었다.

이제는 강해질 시간이다.

약육강식의 세계에서는 힘이 법이었고 규칙이었다.

헌터 협회의 눈치를 보지 않기 위해서는 마녀가 아니라 악마가 되어야 했다.

마녀는 사냥이 가능한 존재였지만 악마는 사냥꾼들을 잡아먹는 존재였기에.

아직 흡수하지 않은 몬스터의 종류가 넘쳐 났다.

그 말은 내가 더 강해질 수 있다는 말과도 같았다.

리치의 실험실이 있는 C급 몬스터 월드를 중심으로 몬스터의 힘을 흡수할 생각이었다.

그곳은 내게는 상당히 익숙한 곳이었기에 지리를 잘 알고 있었다.

오늘의 목표는 나기였다.

나는 한 마리의 발정 난 미노타우로스를 뒤쫓다 나기를 발견한 적이 있었기에 나기가 살고 있는 서식지를 알고 있었다.

위치를 안다면 나기를 사냥하는 것이 어렵지는 않다.

나는 나기가 살고 있는 늪지대에 1시간이 넘게 은신해 있었다.

그들의 모습이 보이기 전까지 움직이지 않을 생각이었다.

나기의 힘을 흡수하면 어떤 능력이 생길지 궁금했다.

강한 몬스터가 아니기에 좋은 능력을 줄 거라는 생각은 하지 않았지만 조잡한 능력이라도 흡수하게 된다면 언젠가는 써먹을 때가 있을 것이었다.

한 자리에서 가만히 기다리고 있는 것은 고역이었다.

특히 가만히 서 있어도 무릎까지 발이 빠지는 늪지대에서의 잠복은 사람의 인내심의 한계를 알 수 있게 해주었다. 하지만 기다릴 것이다.

무릎이 아니라 허리까지 늪지대에 빠진다고 해도 기다릴 것이다.

다행히 늪지대에 허벅지까지 빠져들었을 때 나기의 모습을 발견할 수 있었다.

뭐가 그렇게 급한지 허둥지둥 움직이는 나기였다.

나는 허벅지까지 빠져 있는 다리를 천천히 들어 올렸다.

주변을 신경 쓰지도 않고 움직이는 나기가 나를 발견할 가능성은 없었지만 조심해서 나쁠 것은 없었다.

다리가 늪지대에서 빠져나오자 나는 은신을 풀고 나기에게 달려갔다.

이제는 조심할 이유가 없었다. 내가 뛰어오는 소리를 들은 나기가 뒤를 돌아보았지만 이미 나를 막기에는 늦었다. 아니, 하급 몬스터인 나기가 나의 존재를 미리 알았다고 해도 막는 것은 불가능한 일이었다.

나는 뒤를 돌아보는 나기의 얼굴을 향해 주먹을 날렸다.

단숨에 나기를 죽일 수도 있었지만 살아 있는 나기의 피를 마셔야 했기에 더 어려운 전투가 될 것 같았다.

얼굴에 주먹을 허용했지만 아직 꿈틀대는 나기의 팔과 다리를 꺾어 부러뜨렸다.

"살려주세요."

홉고블린의 힘을 흡수한 뒤부터 나는 몬스터의 말을 이해할 수가 있었다.

이전 같으면 단지 뱀의 혓바닥이 움직이는 소리로만 들릴 소리가 언어로 이해되었다.

살려달라고 외치는 나기의 가슴에 검을 들어 생채기를 내었다.

큰 상처를 낼 필요도 없다. 단지 피가 나오기만 하면 되는 것이다.

나는 공포에 떨고 있는 나기의 가슴에 얼굴을 파묻었다.

"제발 살려주세요. 지금 주술사님이 위험합니다. 어서 주술사님을 구해야 하는데……."

그의 목소리가 들려왔지만 그의 피가 내 몸에 주는 희열에 피를 마시는 것을 멈출 수가 없었다. 심장에서 피를 뿜어내는 속도가 느려지자 나는 나기를 내려놓았다.

"나기 주술사?"

나는 나기가 한 말을 이제야 곱씹었다.

나기에게 주술사가 있다는 말인가?

고블린에게 홉고블린이 있듯이 나기에게도 우두머리가 있는 듯했다.

나는 나기 주술사의 능력도 가지고 싶었다.

홉고블린을 흡수하면서는 마력이 증가했다. 마력이 증가함에 따라 은신을 더 은밀하게, 그리고 더 오래 펼칠 수 있게 되었다.

나기 주술사의 힘까지 흡수하게 된다면 B급 은신 능력 이상의 은신이 가능할 것 같았다.

나는 조심스레 나기가 처음 허둥지둥 나오던 곳으로 이동했다.

나기의 주술사가 위험하다는 말은 다른 몬스터와 싸우고 있다는 말이었다.

좋은 기회였다.

한 번에 두 종류의 몬스터의 힘을 흡수할 좋은 기회 말이다.

은신을 펼치고 조심스레 이동했다.

그곳에는 작은 물구덩이가 있었다. 늪지대와는 어울리지 않는 연못과도 같은 곳이었다.

"물속에서 전투가 가능할까?"

아직 물속에서의 전투는 한 번도 해본 적이 없었기에 조금 걱정이 들긴 했지만 큰 고민 없이 연못에 몸을 맡겼다.

연못 안은 하수관처럼 좁은 형태였다. 나는 물이 흐르는 방향으로 수영을 해서 들어갔다.

다른 통로가 보이지 않았다면 숨이 막혀 금방 포기하고 돌아갔을지도 몰랐다.

빛이 비치는 곳에서 머리를 조심스레 내밀었다.

연못은 늪지대와 지하 동굴을 연결하는 입구였다.

지하 동굴에는 다행히 숨을 쉴 정도의 공기가 있었기에 숨이 막혀 죽을 걱정은 하지 않아도 되었다.

쾅!

작은 폭발음이 들렸다. 폭발음이 들리는 동시에 은신을 펼쳐 소리가 나는 곳으로 이동했다.

그곳에는 말과 물고기의 모습을 반씩 하고 있는 몬스터와 나기들의 시체가 쌓여 있었다. 말의 형상을 한 몬스터에 대한 정보는 몬스터 백과사전을 통해 여러 번 본 적이 있었지만 말과 물고기의 모습을 반반 하고 있는 몬스터는 처음 보는 종류였다.

나는 시체를 피해 동굴 안으로 들어갔다.

동굴 안에는 치열한 싸움이 한창 진행되고 있었다.

그중 나기 주술사로 보이는 이와 반마반어(半馬半漁)형 몬스터가 서로를 증오에 가득 찬 눈으로 쳐다보고 있었다.

"우리 영역에 침범한 이유가 뭐냐."

"언제부터 영역이 정해져 있었다는 말인가? 이제부터 이곳은 우리의 영역이다."

몬스터와 인간의 영역 다툼은 별다를 바가 없었다.

누구의 말이 옳은지는 중요하지 않았다.

단지 누구의 힘이 더 강한지가 중요할 뿐.

단순한 전투력으로 보았을 때는 나기가 반마반어를 막아내기 힘들어 보였다.

하지만 나기 주술사는 치명적인 공격이 올 때마다 짧은 공간을 순식간에 이동해서 피해내었다. 아무리 빠른 속도로 움직일 수 있다고 해도 불가능한 속도였다.

잔상조차 남기지 않고 저렇게 짧은 거리를 이동하는 방법은 마법뿐이었다.

미꾸라지처럼 자신의 공격을 피해내는 나기 주술사에게

화가 났는지 상대 몬스터는 다른 나기들을 무참히 죽였다.

그의 공격은 단순했다. 앞발을 들어 나기의 머리를 거대한 말발굽으로 짓이기는 방식으로 나기의 숨통을 끊어놓았다.

그 모습을 지켜보던 나기 주술사는 분노에 타올랐지만 이미 힘이 많이 빠져 있었기에 다른 나기들이 죽어가는 것을 그저 바라볼 수밖에 없었다.

나는 나의 앞으로 이동해 온 그에게 조용히 속삭였다.

"도와줄까?"

갑자기 들린 목소리에 나기 주술사는 급히 옆으로 이동해 나를 쳐다보았다.

하지만 은신을 하고 있는 상태였기에 그가 나를 찾을 수는 없었다.

나는 놀란 얼굴을 하고 있는 나기 주술사에게 다시 다가가 물었다.

"마지막 기회다. 도와줄까?"

내가 나기 주술사를 도와줄 이유는 딱히 없었다.

말발굽에 머리가 터져 나가는 나기들이 불쌍하게 보이는 것도 아니었다.

그들 또한 몬스터일 뿐이기에.

하지만 가만히 지켜만 보고 있기에는 언젠가는 나기 주술사 또한 말발굽에 머리가 터져 나갈 것만 같았다.

나의 먹잇감을 뺏기고 싶지 않았기에 나기에게 달콤한 유혹의 말을 던진 것이다.

나의 목소리가 환청이 아니란 걸 깨달은 나기 주술사는 조용히 말했다.

"도와주세요."

"그래, 하지만 대가는 너의 목숨이다. 그래도 괜찮겠어?"

"다른 나기들을 건드리지 않는다면 제 목숨 정도는 괜찮습니다."

거래가 완료되었다.

나는 은신을 풀고 나기 사이에서 날뛰고 있는 반마반어에게 다가갔다.

"재밌어?"

재밌어 보이지는 않았다. 반마반어는 단지 나기 주술사에게 받은 화를 다른 나기들에게 풀고 있는 것일 뿐이었다.

"너는 누구냐?"

딱히 내가 누군지 알려주고 싶은 마음은 없었다.

그의 이름을 알고 싶지도 않았다. 단지 그의 피에 담긴 능력이 궁금할 뿐이었다.

"내가 누군지 알아서 뭐 하려고? 그냥 오기나 해."

도발에 쉽게 걸리는 스타일인지 그는 말이 끝나기 무섭게 앞발을 들어 올려 나의 머리를 내리찍으려고 하였다.

픽.

앞발을 피하지 않고 잡아내었다.

오우거에 비하면 약한 힘일 뿐이었다. 반마반어는 수중 몬스터라는 장점을 빼면 오크보다 조금 강한 몬스터였다.

힘 싸움은 나의 특기다. 나는 그의 앞발을 더욱 강하게 밀어냈고 그의 중심이 흐트러졌다.

나는 그의 앞발을 잡은 상태에서 그의 하체에 강한 발차기를 하였고 그의 입에서는 고통에 가득 찬 비명이 튀어나왔다.

"이 정도 힘으로 영역을 먹으려고 하면 안 되지. 정당하게 돈을 주고 거래를 하든가."

"놓아라. 머리통을 부숴 버리겠다."

나는 그의 말대로 그의 얼굴에 니킥을 시전했다.

머리가 거세게 흔들렸고 그는 뒤로 나자빠졌다.

"잠시만 기다려."

나는 나를 멍하니 바라보고 있는 나기들에게 말하고는 반마반어에 상처를 내고는 피를 빨았다. 피를 빨고 있는 동안은 무방비 상태가 되었지만 나를 공격할 정도로 용기가 있는 나기는 없어 보였기에 마음 놓고 피를 빨았다. 물론 일말의 대비도 해두고 있었고.

그의 힘이 충분히 흡수되자 나는 그제야 그에게서 벗어나 나기 주술사에게 다가갔다.

이전의 전투에서 많은 힘을 소비한 그는 서 있을 힘도 없어 보였다.

"약속은 지켜야지?"

나기 주술사는 내가 반마반어의 피를 흡수하는 모습을 지켜보았기 때문에 자신 또한 힘을 흡수당하고 죽을 것이라는 것을 알고 있었다.

그랬기에 나는 그가 도망을 가거나 반항을 할 줄 알았다.

하지만 그는 순순히 자신의 몸을 나에게 맡겼다.

"부디 나기들은 건들지 말아주세요."

"약속은 지킨다. 내가 이곳에 오는 일은 더는 없을 거야."

*   *   *

한 번의 사냥으로 세 종류의 힘을 흡수할 수 있는 기회란 흔치 않았다.

나기와 나기 주술사, 그리고 반마반어의 힘까지.

나기 주술사의 피를 흡수할 때 나기들은 나기 주술사의 명령에 따라 나를 공격하지 않았다. 그들이 나를 악마 보듯이 쳐다보았지만 이것은 정당한 거래였다.

나기 주술사가 나의 힘을 필요로 했고 나는 그의 피를 필요로 했다.

누가 이득이고 손해고를 따질 필요가 없었다.

거래란 그런 것이기에.

지금 같은 시대에는 이기적인 성격이 필요했다. 착한 헌터는 호구라는 사실을 헌터 협회에서 배웠다. 독한 마음이 없다면 헌터 생활을 정리하고 마을에서 농사나 하는 게 좋을 것이다.

나는 나기 주술사의 피를 흡수함과 동시에 목걸이를 이용해 마을로 돌아왔다.

오늘 일정은 이 정도면 충분했다. 과욕은 금물이었다.

집으로 돌아와 나는 내가 흡수한 힘의 종류를 알아내기 위해 능력 측정 안경을 쓰고 거울 앞에 섰다.

힘 : A(Ⅲ)

민첩성 : B(Ⅱ)

마력 : B(Ⅰ)

재생력 : B(Ⅰ)

특수 능력 : 은신, 강한 힘, 부식, 재생력, 정력 강화, 화계 면역, 독 면역, 비늘 강화, 언어 능력 강화, 수중 호흡, 회복의 물방울

기본 능력 중에 힘과 마력이 한 단계씩 상승했다.

이것만으로도 충분히 A급 헌터 자격을 받아낼 수 있을 것이다.

나는 몬스터의 힘을 흡수할 때마다 기본 능력치가 상승한다는 것을 느낄 수 있었다.

하지만 능력 측정 안경을 통해 나타나는 등급이 상승하는 경우는 드물었다.

능력치가 미미하게 상승하는 경우, 등급은 올라가지 않았다. 일정 경계 이상의 힘이 강해졌을 때만 등급이 높아졌다.

지금의 경우에도 나기 주술사의 힘을 흡수하였기에 마력의 등급이 II에서 I로 높아졌고 반마반어는 힘 계열 몬스터였기에 힘의 능력이 상승하게 된 것이다.

하지만 민첩성과 재생력 등급에는 아무런 변화가 없었다. 분명 이전보다 민첩성과 재생력이 강해졌지만 아직 등급 상승을 위한 경계에 도달하지 못했다는 말이었다.

반마반어를 흡수하며 얻은 능력이 수중 호흡인 것 같았다.

거대한 말밥굽이 생길까 걱정이 되었지만 다행히 그런 일은 생기지 않았다.

나기와 나기 주술사의 피를 흡수하며 마력이 성장하였고 회복의 물방울이라는 기술도 생겨났다. 처음 들어보는 능력이었지만 어렵지 않게 구현해 낼 수 있었다.

나는 물방울을 만드는 생각을 하며 손끝에 힘을 집중했고 손바닥 위로 거품 같은 물방울들이 생겨났다. 이름처럼 이 물방울들은 회복의 능력이 있을 것이다.

힐러라는 존재는 헌터 회사에서 고급 인력 중 하나로 인정받고 있었다.

모든 헌터는 목숨이 위험할 일이 많았기 때문에 자신을 치료해 줄 사람을 가까이 두고 싶어 했다.

수요가 많았지만 공급은 적었기에 힐러의 몸값은 일반 전투 능력을 가진 헌터에 비해 배는 높았다.

하지만 나에게는 그렇게 필요한 능력이 아니다.

와이번의 비늘로도 웬만한 공격을 막아낼 수 있었고 트롤의 재생력도 있었기에 나에게는 회복 능력이 그리 필요하지는 않았다.

병원이 흔치 않은 세상이었기에 마을 사람들이 부상을 입었을 때 그들을 치료하기 위한 능력으로만 사용하게 될 것 같았다.

헌터 협회는 자기들이 만든 기준에 따라 SS급부터 E급까지의 등급을 헌터에게 매겼다. 한 등급을 상승시키기 위해서는 부단한 노력뿐만 아니라 재능도 필요했다.

현재까지 우리나라에 있는 SS급 헌터는 고작 1명이었다. S급은 3명, A급은 각 지역에 5~10명 정도 분포하고 있었다. 모든 헌터가 SS급 헌터가 되고 싶었지만 그렇게 되는 것이 로또에 당첨되는 것보다 힘든 확률이라는 걸 알고 있었다. 하지만 SS급 헌터라고 해도 몬스터를 기준으로 하면 그렇게 강한 존재는 아니었다. 물론 그들에게 오크는 식후 소화거리 정도 밖에 되지 않기는 했지만 몬스터 월드에 있는 몬스터가 오크들만 있는 것이 아니었다.

일전에 SS급 헌터를 본 적이 있다는 리치에게 물은 적이 있었다.

지금의 나와 SS급 헌터의 차이가 얼마인지.

리치가 대략적이라면서 말해주길…….

20명.

내가 20명이라면 SS급 헌터와 대등하게 싸울 수 있을 것이라고 했다.

그리고 다른 질문도 던져 봤다.

보스급 몬스터와 나와의 차이는 얼마인지에 대해서.

200명.

나와 같은 능력치를 지닌 헌터 200명이 필요하다고 했다.

나는 마지막으로 또 다른 질문을 했다.

만약 밤이라면 어떻게 되겠냐고.

60명.

그 말은 밤에 나와 같은 능력을 가진 사람 6명이면 SS급 헌터를 상대할 수 있을 것이라는 말이었다. 하지만 지금은 내가 성장하는 속도는 다른 헌터들과 비교가 되지 않을 정도로 가파른 상승곡선을 그리고 있었다.

얼마 되지 않아 SS급 헌터와 대등한 능력을 가질 것이다.

이건 예상이 아니라 확신이었다.

나름 만족스러운 능력 확인 시간을 마치고 지하실 문을 잠그고 마을을 둘러보았다.

마을을 둘러보는 동안 나를 감시하는 시선을 느꼈다.

'나를 왜 감시하는 거지?'

그들이 누구일지 생각할 필요도 없었다. 헌터 협회에서 보낸 사람일 게 분명했다.

그들이 아니라면 나에게 관심을 가질 필요도 없을 테지.

나는 몬스터 월드가 아니라면 잘 펼치지 않는 은신을 사용하였다.

갑자기 사라진 나의 모습에 당황하는 감시자의 곁으로 다가가 그의 몸을 두 팔로 속박했다.

"여기까지 무슨 일이지?"

사라진 나의 모습이 갑자기 자신의 뒤에서 들렸기에 그의 심장이 빨리 뛰는 게 두 팔을 통해 느껴졌다.

"헌터 관리 차원에서 찾아온 겁니다. 다른 이유는 없습니다."

나는 그 말을 믿을 정도로 바보는 아니었다.

헌터 협회가 나에게 보인 호의(?)로 미루어봤을 때 분명한 감시였다.

혹시나 내가 다른 마음을 품고 헌터 협회에 해를 입히는 행동을 하는 것에 대한 방비 차원이겠지.

"나는 헌터 협회에 관심이 없다. 조용히 마을에 지내고 있으니 너희들도 나에게서 관심을 꺼주기 바란다."

그들이 생각한 반응은 둘 중 하나였을 것이다.

사냥을 계속하게 해달라고 비는 모습과 화를 내는 모습.

그 두 가지 행동을 전부 하지 않고 있는 내가 어떻게 지내고 있는지 궁금했겠지.

내가 잡고 있는 헌터의 능력은 고작 C급 이하로 보였다.

내가 그 정도로 허술하게 보였단 말인가?

헌터 협회에 등록되어 있는 나의 능력은 B급이었다. 그렇다면 최소 동일한 레벨의 헌터를 감시자로 붙이는 게 맞았다.

하지만 그들은 그러지 않았다. 내가 만만하게 보였던 것이다.

"내가 몬스터 도어와 헌터 협회에 관심을 가질 일은 없다고 지부장에게 전해라."

나에게는 개인용 몬스터 도어가 있었기에 그들이 관리하는 몬스터 도어에 관심을 가질 이유가 없었다. 그리고 헌터 협회와의 연은 헌터 자격이 취소됨과 동시에 완전히 끊었다.

나는 숨이 막혀 고통스러워하는 그를 놓아주었고 그는 뒤도 돌아보지 않고 마을을 벗어났다.

앞으로도 나를 감시하는 헌터들이 올지도 모르지만 나는 큰 신경을 쓰지는 않았다.

마을을 벗어나지 않는다면 그들의 관심이 조만간 사라질 거라는 걸 알고 있었다.

지금 헌터 협회를 생각할 만큼 여유롭지 않았다. 하루라도 빨리 강해지고 싶을 뿐이다.

몬스터 도어를 통해 사냥을 갈 때에는 많아봐야 일주일에 두 번에서 세 번 정도 사냥을 나갔지만 드래곤의 목걸이가 생기고 나서부터는 하루가 멀다 하고 몬스터 월드로 사냥을 나갔다.

그렇다고 해서 매일같이 새로운 힘을 흡수한다는 말은 아니었다.

새로운 종류의 몬스터를 만나는 일은 쉽지 않았다.

나기 주술사의 피를 흡수한 뒤 일주일 동안이나 새로운 종류의 몬스터를 만나지 못했다.

그랬기에 나는 리치의 실험실에서 점점 멀어지는 곳으로 향했다.

숲을 지나고 늪지대를 벗어나자 광활한 초원이 보였다.

거기서 나는 새로운 몬스터를 만날 수 있었다.

세 가지 얼굴을 동시에 가지고 있는 잡종 몬스터였다.

사자의 얼굴은 정상적인 곳에 위치하고 있었지만 꼬리 대신 뱀 한 마리를 붙이고 있었고 목 뒤에는 숫염소의 얼굴이

삐죽 튀어나와 있었다.

노련한 헌터들이 고생해서 만든 몬스터 백과사전을 외우는 것은 헌터 인증 시험을 보기 위한 과정 중 하나였다. 때문에 나는 몇 달이나 고생해 몬스터 백과사전을 달달 외운 바 있어 다행히 이 몬스터의 이름을 알고 있었다.

"키마이라."

상대하기 쉬운 몬스터가 아니라는 느낌이 들었다.

사자만을 신경 쓰다가는 숫염소의 뿔이 공격할 것 같았고 꼬리에 달린 뱀의 맹독도 조심해야 할 것 같았다.

상대해 보면 알겠지.

사실 뱀의 맹독은 겁이 나지 않았다.

나에게는 거대 전갈의 피를 흡수하며 생긴 독 계열 면역 능력이 있다.

뱀을 무시하고 사자와 숫염소의 뿔만을 조심한다면 충분히 사냥할 수 있다는 계산이 섰다.

계산이 끝났으면 움직여야지.

"으헝!"

우렁찬 사자 울음소리에 고막이 흔들렸다.

"그래 반갑다."

나는 키마이라와 의사소통을 시도했지만 지능이 그렇게 뛰어난 몬스터는 아니었던지 말이 통하지 않았다.

말이 필요한 상황이 아니긴 했다.

놈은 10㎝는 족히 넘어 보이는 발톱을 나의 얼굴로 들이밀었다.

맞잡기에는 발톱이 너무 날카로웠기에 나는 발톱을 피해 옆으로 돌아섰다.

그러자 그 순간을 노리고 있었던지 숫염소의 뿔이 나의 옆구리를 찔렀다.

"짜증 나네."

생각하고 전투를 하는 것은 나와 맞지 않았다.

더는 키마이라의 공격에 피하지 않을 생각이다.

나를 만만하게 본 건지 키마이라는 나에게 달려들었고 나는 숫염소의 뿔을 잡아 등 위로 올라탔다.

놈의 등 위로 올라타자 내 등은 꼬리에 달린 뱀에게 무방비 상태가 되었고 독사의 이빨이 나의 등을 여러 번 물었다.

등이 아려오긴 했지만 예상대로 독에 의한 중독 증상은 보이지 않았다.

독사의 독이 나에게 아무런 영향을 주지 않는다는 사실을 깨달은 순간부터 나는 독사를 완전히 무시했다.

나는 한 손으로 숫염소의 뿔을 잡고 키마이라의 척추에 주먹을 질러 넣었다.

단단한 샌드백을 치는 느낌이었다.

살 대신 근육으로 도배되어 있는 몸이었지만 여러 번의 타격이 가해지자 점점 연해지는 것이 느껴졌다.

뒷목에 달린 숫염소도 고통을 같이 느끼는지 이상한 울음소리를 내었고 그 소리를 듣고 있기에는 귀가 너무 괴로웠기에 나는 오른편에 차고 있던 검을 꺼내 숫염소의 목을 베어버렸다.

사자가 주체인지 숫염소의 목을 베어도 여전히 날뛰는 키마이라였다.

그를 얌전히 시키기 위해서는 특단의 조치가 필요했다.

나는 숫염소의 머리가 떨어져 나간 부분에 얼굴을 파묻었다.

그러고는 키마이라의 등에서 떨어지지 않기 위해 사자의 갈퀴를 두 손으로 꼭 잡았다.

피가 목구멍을 통해 흘러 들어왔다.

황홀감에 온몸이 부르르 떨려왔다. 저절로 눈이 감겨왔다.

하지만 두 손은 여전히 사자의 갈퀴를 붙잡고 있었다.

마치 로데오를 하는 기분이었다.

몸이 여기저기 흔들렸지만 우승 상품을 타기 위해서는 떨어질 수 없었다.

새로운 힘이라는 우승 상품이 나에게는 절실했다.

털썩.

키마이라가 힘을 다해 쓰러졌다.

목에는 나의 이빨 자국이 선명하게 남아 있었다.

괴기하게 생긴 몬스터답게 생명력도 끈질겼기에 아직 두 눈을 껌벅거리고 있는 사자였다.

나는 키마이라에게 마지막 안식을 주기 위해 사자의 머리 가운데에 검을 찔러 넣었다.

키마이라의 힘을 흡수하였기에 사냥 전보다 더욱 좋은 컨디션이었다.

이 상태로 집으로 돌아가기는 아쉬웠다.

키마이라처럼 다른 종류의 몬스터를 만날 것만 같았기에 한참이나 주변을 정찰했지만 이미 만나본 몬스터만 만날 뿐 새로운 몬스터를 발견할 수는 없었다.

나는 몸에 넘쳐흐르는 힘을 갈무리한 채 집으로 돌아왔다.

집에서 휴식을 취하며 나는 한동안은 너무 오랫동안 마을을 비우는 행동은 자제하기로 마음먹었다.

언제 헌터 협회에서 나를 감시하는 이가 올지 몰랐기에 하루의 반나절은 마을에서 보내야 했기 때문이다.

제6장
대장장이와
맥주의 종족

키마이라의 피를 흡수했지만 새로운 특수 능력이 생기지는 않았다.

생긴 거와 달리 속이 빈 깡통이었다.

물론 기본 능력이 조금씩 상승한 것을 느꼈지만 하나의 특수 능력이 생기는 것이 전투에 훨씬 큰 도움이 되기에 아쉬움이 컸다.

아쉬움을 채우기 위해 나는 해가 지자 다시금 몬스터 월드로 이동했다.

달이 떠 있는 하늘 아래에서 낮에는 느낄 수 없었던 충만한 힘이 온몸을 휘감았다.

오늘은 보름달이 떠 있었기에 사냥을 마음먹었다.

낮과 비교하면 어두웠지만 몬스터를 찾아다니기에는 큰 불편함이 없었다.

키마이라가 있던 초원에서 민둥산이 보였다.

민둥산은 여기저기 구멍이 숭숭 뚫려 있었다.

구멍에 다가가자 인공적으로 만든 동굴이라는 것을 알 수 있었다.

동굴이라고 하기보다는 광산의 모습과 비슷했다.

허리를 숙여서야 겨우 들어갈 수 있는 비좁은 광산이었고 광산 안은 곳곳에 기둥이 세워져 있어 광산이 무너지는 것을 막고 있었다.

여러 개의 광산을 둘러보았지만 몬스터 한 마리 찾을 수 없었다.

이런 광산들을 누가 만들었는지 궁금할 뿐이었다.

인간들이 만들었다고 하기에는 너무 작은 크기였다.

이 정도로 지능이 있는 몬스터가 있었던가?

아무리 머리를 굴려봐도 생각이 나지 않았다.

사이클롭스가 건축에 재능이 있다고는 하지만 이 좁은 입구로 사이클롭스가 움직이는 것은 불가능했다.

민둥산의 절반 정도에 다다르자 하나의 광산에서 시끄러

운 소리가 들려왔다.

쿵. 쿵.

마치 곡괭이로 벽을 부수는 소리 같았다. 아니, 그 소리가 확실했다.

광산 입구로 들어가자 광산 안에서 작은 불빛이 비춰지고 있었다.

나는 은신을 유지한 채 몸을 구부려 광산 안으로 들어갔다.

높이만 낮을 뿐 폭은 생각보다 넓었기에 움직이기에는 충분했다.

쿵. 쿵.

점점 곡괭이질 소리가 크게 들려왔고 나는 광산을 만든 이를 확인할 수 있었다.

작은 키와는 달리 옷이 터져 나갈 정도의 근육으로 가득한 몸.

덥수룩한 수염과 힘차게 내지르는 곡괭이질.

소문으로만 들었던 드워프였다.

몬스터 백과사전의 한편에 드워프에 관한 얘기가 적혀 있었다.

그들은 몬스터라기보다는 유사 인종에 가까운 종족이었다.

그들을 실제로 본 사람은 없었지만 그들의 흔적을 통해 그들이 있다는 것만 유추하여 백과사전에 수록했다고 알려져 있었다.

이런 그들을 내가 발견했다?

우연이라고 하기에도 믿기지 않는 일이었다.

나는 그들이 나의 모습을 발견하면 어떤 반응을 보일지 알 수 없었다.

몬스터처럼 나를 공격할지. 아니면 대화를 시도할지.

일단 부딪쳐 봐야 했다.

"안녕하십니까."

나의 인사 소리는 시끄러운 곡괭이질 소리에 묻혀 버렸다.

나는 다시 한 번 큰 목소리로 인사했다.

"안녕하십니까!"

곡괭이질 소리가 점점 작아졌다. 그들이 나를 발견한 것이었다.

허리를 숙이고 엉거주춤한 자세로 있는 나의 모습이 좋은 첫인상을 주지 못한 건지 드워프들은 곡괭이를 어깨에 들쳐메고는 나에게로 다가왔다.

"인간이 여기에 어떻게 들어왔지?"

"인간이 들어오지 못하는 장소라는 표지판은 없었기에 여기에 들어왔습니다."

약간의 농을 섞어 그들과 대화를 시도했다.

웃는 얼굴에 침을 뱉지는 않겠지.

"족장님, 마법진에는 이상이 없습니다."

"마법진에 이상이 없는데 인간이 여길 어떻게 침범할 수가 있다는 말이냐."

마법진이라는 말에 나는 마법 면역이 있는 목걸이를 바라보았다.

내가 마법진의 영향을 받지 않고 이곳에 올 수 있게 된 것은 목걸이 덕분이었다.

드워프들이 몬스터 또는 인간들과 접촉을 원하지 않았기 때문에 설치한 마법진이 그들 주위를 방어했기에 지금까지 어떤 헌터도 드워프의 모습을 찾아보지 못했던 것이다.

"인간 여기에는 무슨 목적으로 온 거지?"

마법진에 이상이 없다는 것을 다시 한 번 확인한 후에야 나에게 말을 거는 드워프 족장이었다.

"몬스터 사냥을 위해 몬스터를 찾아다니다 보니 여기까지 오게 되었습니다."

"그런데 어떻게 이곳에 들어올 수 있는 게냐? 여기는 마법진으로 보호받고 있는 장소다. 드워프를 제외하면 아무도 들어올 수 없는 곳이다."

나는 말 대신 내 목에 채워져 있는 목걸이를 가리켰다.

나에게 다가와 목걸이를 확인하는 드워프 족장은 목걸이

를 보자마자 놀라 소리쳤다.

"아니, 이것은 내가 만든 목걸이다. 이 목걸이는 분명 네르키스 님에게 진상했던 것인데 어찌하여 네놈이 이걸 가지고 있는 게냐?"

드래곤의 물건을 가지는 방법이 몇 가지나 있을까?

드래곤의 던전에 들어가 보물을 훔치기 위해서는 여벌의 목숨이 있어야 할 것이다.

드래곤을 죽이고 빼앗는다?

가능할 리가.

그렇다면 남은 방법은 단 한 가지밖에 없었다.

"네르키스 님이 저에게 선물로 주신 목걸이입니다."

"아니, 인간이 어떻게 네르키스 님을 안다는 말이냐."

인간을 드워프보다 하등한 존재처럼 말하는 드워프 족장의 말에 조금은 기분이 상했지만 여전히 정중하게 그를 대했다.

"작은 인연이 있었습니다. 그 인연의 증표로 목걸이를 주셨습니다."

드워프는 다시 한 번 목걸이를 확인했다.

자신이 만든 목걸이이긴 했지만 목걸이에 부여된 마법은 자신의 능력 밖의 것이었다.

그는 목걸이를 내려놓고는 말했다.

"이 목걸이 덕분에 마법진을 통과할 수 있었던 것이군. 그래, 네르키스 님과 인연이 있는 인간이라고 하니 쫓아내지는 않겠다."

생각할수록 네르키스의 드래곤답지 않은 이종족과의 친화력에 놀랄 수밖에 없었다.

엘프와 리치 그리고 이제는 드워프까지 그를 모르는 종족이 없었다.

"감사합니다. 이런 곳에 드워프들이 있다는 것을 상상도 하지 못했습니다."

구부정한 모습으로 대화를 하는 나의 모습이 안쓰러웠는지 그는 나를 데리고 광산 밖으로 나갔다.

"따라오너라. 오랜만에 온 손님인데 맥주라도 한잔해야 되지 않겠냐."

드워프 족장이 나를 데리고 간 곳은 마을이었다.

드워프 마을은 인형의 집처럼 아기자기한 모습이었다.

키가 작은 그들이 사는 집이었기에 일반적인 집의 절반도 되지 않는 크기였다.

그런 집에 들어갈 수는 없었기에 그는 나를 야외 식당으로 보이는 곳으로 안내했다.

의자 또한 작았기에 나는 바닥에 앉아야 했다.

의자 대신 바닥에 앉자 테이블의 위치가 적당했다.

의자에 앉았다면 테이블은 나의 무릎에 위치했을 것이다.

"일단 한 잔 마시게나."

테이블 위에는 양초 하나가 불을 비추고 있었고 광산에서 일하고 있는 드워프들을 제외하고는 이미 잠자리에 들었는지 마을은 고요했다.

"늦은 시간에 찾아와서 죄송합니다."

"아니다. 어차피 2교대로 일하는 중이니 낮에 찾아왔다면 나는 자고 있었을 거다."

곡괭이를 테이블 옆에 기대놓고는 맥주 한 잔을 들이켜는 드워프 족장에 따라 나도 맥주를 마셨다. 모든 것이 작은 드워프 마을이었지만 유일하게 맥주잔만은 우리가 쓰는 것보다 큰 크기를 자랑했다.

그들이 얼마나 맥주를 좋아하는지 알 수 있었다.

오랜만에 마시는 맥주는 정말 환상적인 맛이었다.

오랜만에 마셔서 환상적인 맛으로 느껴지는 게 아니었다. 정말 내가 이때까지 마셔본 어떤 맥주보다 풍미가 짙은 맛이었다.

몬스터 범람이 일어나기 전, 나는 친구들과 세계 맥주 전문점에서 자주 술잔을 기울이곤 했다.

그때 마셔본 어떤 맥주도 드워프의 맥주와 비교할 수 없었다.

"정말 맛있습니다."

"그럼, 맛있고말고. 우리가 맥주 하나는 끝내주게 만들거든. 네가 차고 있는 검도 네르키스 님에게 받은 것이냐?"

그는 나의 왼쪽 허리에 매어 있는 검을 가리켰다.

"아닙니다. 이건 다른 인연이 있는 분에게 받은 검입니다."

차마 리치에게 받은 검이라고 말할 수는 없었다.

"이리 줘봐."

드워프는 최고의 장인이다.

그런 그가 나의 검을 봐준다는데 사양할 생각은 없었다. 아니, 부탁을 해도 부족했다.

"여기 있습니다."

드워프 족장은 나의 검을 양초에 가져다 대어 자세히 바라보았다.

검 손잡이부터 검 끝까지 그는 마치 유리잔을 만지는 손길처럼 부드럽게 검을 쓰다듬었다.

"드래곤 본으로 만든 검이군. 이런 명검을 보는 것은 오랜만이구나. 그런데 이런 명검을 왜 이리 험하게 다룬 것이냐. 검날이 너무 상했어. 이것은 무기에 대한 모욕이다."

워낙 단단하고 날카로운 검이기에 날을 세우지 않아도 충분히 위력적이었다.

검을 세우기 위해 숫돌로 몇 번 문질러도 보았지만 오히려 숫돌이 부서져 버렸기에 검날을 세울 생각을 포기했었다.

"제 능력으로는 검을 세우기에는 역부족입니다."

"그렇겠지. 인간의 능력으로는 불가능한 일이지. 오직 우리 드워프족만이 드래곤 본을 다룰 수 있지."

자부심에 가득한 목소리였다.

장인들의 프라이드가 느껴졌다. 나는 검을 드워프에게 건네고는 테이블 옆에 세워져 있는 그의 곡괭이를 만져 보았다.

곡괭이는 어떤 무기와 비교해도 떨어지지 않는 모습이었다.

손가락으로 곡괭이를 쳐 보았고 생각보다 강한 반발력을 느낄 수 있었다.

곡괭이조차 이런 명품으로 만들어 버리는 드워프는 이런 자부심이 당연하다는 생각이 들었다.

이런 곡괭이를 우리 마을에서도 사용하는 게 가능해진다면?

농사를 짓기 위해서는 농기구가 필수로 필요했다.

하지만 농기구의 가격이 비싼 건 둘째 치고 농기구 자체를 구하기가 힘들었다.

쇠를 가공하는 회사는 부족했다. 기름이 없이 어떻게 불을 피우고 어떻게 농기구를 만든다는 말인가.

그나마 소요가 있는 무기를 제조하는 업체가 몇 군데 있을 뿐 농기구를 전문으로 제작하는 업체는 없었다.

드워프제 농기구를 사용한다면 마을이 농사를 더욱 쉽게 지을 수 있다는 생각이 들자 나는 두말할 것 없이 드워프에게 제안을 했다.

"족장님. 혹시 인간의 물건 중에 필요한 것 없으십니까?"

족장은 내가 한 말의 의미를 모를 정도로 아둔하지는 않았다.

"왜, 곡괭이가 탐이 나냐?"

정곡을 찔러 왔다. 그렇다면 나도 직구를 던질 수밖에.

"그렇습니다. 곡괭이뿐만 아니라 농기구도 필요합니다."

"너희가 무엇을 가지고 있느냐?"

우리가 가진 것은 무엇이 있을까 고민을 해보았다.

몬스터 범람 전이었다면 그들에게 제안할 여러 가지 물건들이 있었지만 지금은 없었다.

유일하게 있다면 조금의 식량 정도였다.

"감자와 고구마 같은 음식 정도입니다."

"우리도 충분히 먹고살 정도는 돼."

택도 없다는 눈빛을 쏘아내는 드워프 족장이었다.

내가 생각해도 무리한 거래 조건이었다.

감자와 농기구를 교환하자는 것은 공짜로 농기구를 달라

는 말과 다를 바가 없었다.

"혹시 마정석이 필요하지는 않습니까?"

마정석을 사장을 통해 돈으로 환전하기는 했지만 많은 양을 한꺼번에 환전을 해버리면 사장이 의심의 눈초리를 받을 게 분명했기에 아주 소량의 마정석만을 환전했다.

그리고 리치의 실험실 안에는 많은 양의 마정석이 잠들어 있었다.

"마정석? 그건 필요하지. 얼마나 가지고 있는데?"

"종류별로 한 오십 개 정도 있습니다."

내가 가지고 있는 마정석은 그 정도였다.

오십 개의 마정석이라면 지금의 세계에서는 풍요롭게 지낼 수 있는 보물이다.

하지만 나에게는 그렇게 큰 필요가 없는 물건이기도 했다.

"오십 개? 그 정도면 수지가 맞는군. 틈틈이 농기구를 만들어줄 테니 와서 받아 가."

드워프는 장인들이었다. 그들이 힘을 합쳐 농기구를 만든다면 하루에 몇십 개나 되는 농기구를 만들 것이 분명하다.

그런 농기구를 옮기는 일을 택배 회사를 부르지 않는 한 힘든 일일 것이다.

하지만 나는 최고의 택배 배달원이다.

목걸이를 이용한다면 어렵지 않게 농기구의 운반이 가능

했다.

물론 한 번에 엄청 많은 농기구를 옮기지는 못해도 며칠을 반복하면 어렵지 않게 옮길 수 있다.

"마정석만 꾸준히 가지고 온다면 원하는 것을 만들어주마."

달콤한 제안이었다. 나는 욕심이 났다.

"혹시 맥주도 조금 주실 수 있으신가요?"

나 혼자 먹기에는 너무 아까운 맛이었다.

마을에 있는 어른들과 사장에게 꼭 맛보여 주고 싶었다.

"맥주? 맥주는 많이는 못 준다. 우리도 마셔야 하거든."

"많이는 필요 없습니다. 남는 양만 주시면 됩니다."

"남는 양이 어디 있어? 만드는 족족 다 마시고 없는데. 그래도 몇 통은 구해주지."

거래 성립이었다.

나는 날이 밝아오기 전까지 드워프 마을로 리치의 실험실에서 마정석을 가지고 왔다.

한 번에 전부를 가지고 올 수는 없었기에 한 보따리를 들쳐메고 돌아왔다.

대충 25개 정도는 되어 보였다. 계약금으로는 충분한 마정석이었다.

나는 하루에 두 번밖에 쓰지 못하는 텔레포트 능력으로 인해 목걸이의 마력이 충전될 때까지 드워프 마을에서 기다려야 했다.

나를 신기하게 바라보는 드워프들의 시선에 나는 동물원의 원숭이가 된 기분을 느껴야 했다.

심지어 어린 드워프들은 내게 돌멩이를 집어 던지기도 했다.

어린애들 상대로 실랑이를 할 수는 없었기에 그들을 피해 다녀야 했다.

그래도 소득이 없는 것은 아니었다.

목걸이의 마력이 충전이 다 되어 드워프 족장에게 인사를 하러 갔을 때 그는 맥주 두 통을 건네주었다.

"농기구는 내일쯤 찾으러 와."

"네, 감사합니다. 맥주 잘 마시겠습니다, 족장님."

"그래, 다음에도 맥주 챙겨줄 수 있으면 챙겨줄게."

"내일 농기구를 찾으러 오겠습니다. 정말 감사합니다."

기쁜 마음으로 맥주 두 통을 어깨에 짊어지고는 마을로 돌아갔다.

*　　　*　　　*

술의 힘은 대단하다.

처음 보는 사람들도 어깨동무를 하게 만들고 진전이 없던 연인들에게는 촉매제가 되기도 한다. 특히 노동에 지친 사람들에게 한 잔의 맥주는 그 어떤 피로회복제보다 좋은 약이었다.

"이렇게 맛있는 맥주는 처음 맛보는 거 같구나."

보통 맥주는 음료수처럼 벌컥벌컥 마셔야 제맛이다.

하지만 마을 사람 중 그 누구도 맥주를 한입에 털어 넣는 사람은 없었다.

독한 위스키를 마시듯이 입술에 살짝 맥주를 묻힐 뿐이었다.

그래도 맥주의 맛을 느낄 수는 있었다.

우리가 일반적으로 마셨던 맥주 특유의 청량감은 없었지만 맛의 풍미가 그것을 채워주고도 남았다.

"내일은 농기구를 구해 올 수 있을 것 같습니다."

"농기구를? 꽤 값이 나갈 텐데 괜찮은 건가?"

내가 몬스터 월드로 사냥을 나간다는 사실은 모두에게 비밀이었다.

굳이 마을 사람들에게까지 숨길 필요는 없었지만 조심을 해서 나쁠 것은 없다.

그랬기에 모아놓은 돈으로 마을에 필요한 용품을 산다고

생각하는 김 교수가 걱정스레 말했다.

"걱정하지 마세요. 제가 우연찮게 값싸게 농기구를 구할
방법을 찾았거든요."

드워프제 농기구가 값싸다?

틀린 말이다. 일반적으로 마정석 한 개의 가격이면 수십 개
의 농기구를 살 수 있었다.

물론 파는 사람을 찾기는 힘들겠지만 발품을 팔면 가능한
일이다.

드워프제 농기구를 구하기 위해 나는 50개의 마정석을 소
비했다.

물론 인연의 끈을 이어놓기 위한 이유가 더 강했지만 비싼
건 틀림이 없었다.

하지만 괜찮았다.

지금 내 손에 들린 맥주만으로도 충분히 그 값어치를 한다
고 생각했다.

오랜만에 술을 마신 터라 마을은 평소보다 빠른 시간에 조
용해졌고 나 또한 술의 기운을 빌려 일찍 잠에 들었다.

"오, 이게 뭐야? 맥주 아니야?"

아침 일찍 나는 사장의 사무실로 방문했다.

담배 애호가치고 맥주를 싫어하는 사람은 드물었고 사장

역시 내가 가지고 온 맥주를 마치 보석처럼 쳐다보았다.

"이게 얼마 만에 보는 맥주냐."

그는 헌터 회사의 사장이었다.

그가 벌어들이는 돈이면 매일같이 맥주 수십 잔을 먹고도 남는다는 것을 알고 있었기에 나는 그가 순전히 호들갑을 떤다는 것을 알 수 있었다.

이른 아침이었지만 그는 미지근한 맥주를 조심스레 잔에 따라 마셨다.

"이거 맥주 맞아? 이런 맥주는 태어나서 처음 보는데."

보통 맥주는 차가운 상태로 먹는 것이 맛있다고 하지만 드워프제 맥주는 오히려 조금 미지근한 상태에서 먹어야 더 깊은 풍미를 느낄 수 있었다.

"안 되겠다. 딱 한 잔만 더 해야지."

그는 작은 커피 잔에 맥주 한 잔을 더 따라 마셨다.

"이거 정말 맛있다. 태어나서 이렇게 맛있는 맥주는 처음이야."

사장의 이번 말은 호들갑이 아니었다.

그의 표정이 그 말이 진심임을 말해주고 있었다.

"어렵게 구한 물건입니다. 또 구하면 가져다 드릴게요."

"그래 부탁한다. 가져만 오면 내가 값을 두둑이 쳐줄게."

"우리 사이에 돈은 무슨. 괜찮아요."

사장이 맥주 한 잔을 다 마실 때까지 기다린 후 나는 말을 이었다.

"요즘 헌터 협회 분위기는 어떻습니까?"

내가 유일하게 헌터 협회의 정보를 들을 수 있는 사람은 사장뿐이었다.

다른 헌터들을 믿을 수는 없다.

아니, 다른 헌터들이 나에게 다가오는 일도 없었다.

"일단 잠잠한 분위기야. 솔직히 말해 네가 헌터 협회에 피해 준 건 하나도 없잖아. 그들의 입장에서는 네가 헛바늘 같겠지만 쳐낼 명분이 없지."

약육강식의 세계에서도 최소한의 명분은 필요하다.

그렇지 않다면 질서는 파괴되고 만다.

"그렇군요. 며칠 전에 헌터 협회에서 C급 헌터 한 명을 마을로 보냈기에 조금 걱정했습니다."

"C급 헌터를 보냈다는 것부터가 너에게 큰 관심을 주지 않고 있다는 의미 아니겠어? 걱정은 안 해도 될 것 같아. 그냥 너는 너대로 협회는 협회대로 살아가면 되는 거지. 인생사 복잡하게 생각하면 끝도 없다고."

사장의 말이 해답이었다.

협회에서 직접적으로 나에게 공격을 해오지 않는다면 나는 철저히 그들을 무시할 생각이다.

사장과의 대화가 끝난 후 나는 곧장 리치의 실험실에 들러 남아 있는 마정석을 가지고 드워프의 마을로 이동했다.

두 번의 텔레포트를 했기에 목걸이가 충전되기까지의 시간 동안 드워프의 마을에서 지내든지 민둥산 근처에서 몬스터를 찾아 사냥하며 시간을 보내야 한다.

민둥산 근처의 몬스터에 대한 정보를 가장 잘 알고 있는 이에게 정보를 물었다.

"족장님, 여기 나머지 마정석 들고 왔습니다."

"나는 약속을 잘 지키는 인간이 좋더군."

마정석 꾸러미를 받아 든 족장은 한껏 기분이 좋아졌는지 나에 대한 호감이 상승한 게 느껴졌다. 나라도 이 정도 양의 마정석을 준다면 그 사람에게 호감이 생길 게 분명했다.

족장의 호감이 상승한 지금이 질문을 할 타이밍이다.

"족장님, 이 근처에는 주로 어떤 몬스터가 있나요?"

"왜, 사냥 나가게? 보자, 여기 근처에는 우리가 틈틈이 몬스터 토벌을 해서 많은 몬스터가 있지는 않지만 민둥산 오른편으로 가면 호수가 있는데 그곳에 죽치고 있으면 물 마시러 오는 몬스터들을 볼 수 있을 거야."

몬스터가 있는 장소는 말해주었지만 몬스터 종류에 대한 언급은 없었기에 나는 다시 한 번 질문했다.

"어떤 몬스터가 호수 주변에 나타납니까?"

"몬스터라고 해도 물은 마셔야 되지 않겠어? 기다리다 보면 여러 종류의 몬스터를 만날 수 있을 거야. 오크도 있고 오우거 간간이 보이고… 그리고 거대 악어도 볼 수 있지. 하지만 절대 밤에 호수 속으로 들어가서는 안 되네."

갑자기 심각한 표정으로 바뀐 족장이었다.

"호수 속은 들어갈 수는 있지만 나올 수는 없는 개미지옥이라네. 저기 세워진 동상 보이는가?"

마을 입구에 세워진 늠름한 드워프 동상을 지날 때마다 드워프들은 고개를 숙이며 예의를 표했다. 드워프 마을의 위인일 거라고 생각되었다.

"저분은 드워프 사상 가장 강한 존재였네. 하지만 어렸을 때는 엄청난 말썽꾸러기였던지 어른들의 말을 무시하고 밤에 몰래 호수에 찾아갔다고 했지. 그러고는 다음 날 돌아온 그의 모습은 어린아이가 아니라 성인이 되어 있었다고 하지."

"하룻밤 사이에 늙어버린 겁니까?"

세상 어디를 가도 비슷한 얘기는 존재한다.

신선들의 바둑 구경에 시간 가는 줄 모르던 동자가 집으로 돌아오니 노인이 되었다는 얘기를 책에서 읽은 기억이 있었다.

"그분의 말에 따르면 호수 안은 지옥이며 수만 가지의 몬스터가 호수 안에 득실거렸고 생존을 위해 십 년 동안 싸웠다고 했지. 십 년이 지나서야 마을로 돌아왔지만 시간은 처음 호수에 빠진 그대로였기에 자신의 친구들은 여전히 어린아이의 모습을 하고 있었고 자신은 부모와 나이가 비슷해져 있었다고 한다네."

시간과 공간의 방이 생각이 났다. 그곳의 일 년은 바깥세상의 하루였다.

"수련 장소로는 좋은 곳이 아닙니까?"

"그런 생각은 하지도 마. 그분 말고는 호수에서 돌아온 이는 아무도 없어."

호수에서 돌아왔다는 이유만으로 마을 사람들의 존경을 받을 리는 없었다.

"저렇게 동상까지 세운 걸로 보아 저 드워프님이 위대한 업적을 남겼나 봅니다."

"그렇고말고. 악룡 칼리마스를 죽인 드래곤 슬레이어 중 한 분이시지."

나는 족장의 걱정 어린 충고를 몇 마디 더 듣고는 호수로 이동했다.

드래곤을 사냥할 정도의 힘이 저기에 있다는 말이었다.

잔잔한 호수는 일반적인 호수와 다르지 않아 보였다.

여러 몬스터들이 물을 마시러 왔지만 그들 간의 다툼은 생기지 않았다.

상호 불가침 조약이라도 맺은 듯 몬스터들은 서로의 눈치를 살피기만 할 뿐 공격을 가하거나 위협적인 행동을 하지는 않았다.

생존의 법칙이다.

물은 생존을 위한 필수 조건이고 그것을 방해받는다는 것은 생존을 이어나갈 수 없다는 의미와 다르지 않다.

상위 몬스터라고 해도 생존을 위해 싸우는 피식자의 반항이 위협적일 거라는 것을 알고 있었다.

나는 한참이나 은신을 풀지 않고 호숫가에 앉아 생각에 빠졌다.

분명 좋은 기회인 건 분명했다.

하지만 내가 그 드워프처럼 살아 나올지는 미지수였다.

많은 드워프가 호수에 들어가 돌아오지 않았다고 한다.

드워프는 타고난 전투 종족이다. 광산에서 키운 근력으로 근처 몬스터들을 토벌할 정도로 강했다. 그런 드워프조차 돌아오지 못한 곳에서 내가 살아 나올 수 있을까?

저곳으로 가면 강해질 수 있다는 느낌이 자꾸만 들었다. 하지만 목숨을 걸어야 한다.

들어가야 하는가, 말아야 하는가.

이 고민은 며칠 동안 계속되었다.

나는 며칠 동안 사냥을 할 의욕조차 생기지 않았다.

마을과 드워프 마을만을 반복해서 오가며 농기구와 맥주를 운반하는 배달부 역할만 할 뿐 검에 피 한 방울도 묻히지 않았다.

며칠은 곧 몇 주가 되었다.

헌터가 되고 몇 주 동안 사냥을 하지 않은 적은 지금이 처음이었다.

"아직도 고민 중인가? 포기해, 죽기 싫으면. 괜히 얘기해 줬어."

드워프 족장은 몇 주 동안 멍하니 드워프 동상만을 바라보고 있는 나의 모습에 혀를 찼다.

나는 오랜만에 두 통의 맥주를 가지고는 마을로 돌아왔다.

"형! 어디 갔다가 오는 거야."

"잠시 볼일이 있어서. 여러분, 맥주가 왔습니다!"

한창 농사를 짓고 있던 마을 사람들이 나의 목소리에 하던 일을 멈추고 모였다.

"허허, 요즘 맥주 마시는 꿈을 꾼다네. 자네 때문이야."

"자네도 그런가? 나도 그렇다네."

맥주 한 잔으로 낮 동안의 피로를 푸는 마을 사람들의 모습에 나도 모르게 얼굴에 미소가 지어졌다. 그들의 옆에는 아이들이 감자와 고구마를 맛있게 먹고 있었다.

이런 그들을 두고 내가 호수에 들어갈 수 있을까?

마을에서 내가 사라진다면 마을이 유지될 수 있을까?

그렇지 않을 것이다. B급 헌터라는 나의 이름에 아직 마을이 안전한 것이다.

내가 사라진다면 마을을 노리는 사람들이 생겨날 게 분명하다.

'…핑계다.'

나는 알고 있었다.

내가 호수 안으로 들어가지 않은 진짜 이유를.

나는 죽고 싶지 않은 것이었다.

마을 사람들과 동생 때문이라는 것은 핑계에 불과했다.

살고 싶은 마음이 더 강했기에 호수에 들어가지 않은 것이다.

이제야 깨닫다니. 내가 내 마음을 읽는 데 너무 오랜 시간이 걸렸다.

결론을 내리기까지의 몇 주는 최소 열 종류 이상의 몬스터의 피를 흡수할 수 있는 시간이었다.

그런 시간을 무의미하게 보내 버린 것이 아까웠다.

후회는 아무리 빨라도 늦는 법. 그냥 잊어버려야 했다.

"무슨 좋은 일 있는가? 그리 환하게 웃는 모습은 오랜만에 보는 것 같구려."

마음을 정리하자 나도 모르게 얼굴에 웃음이 피었나 보다.

"맥주가 맛있어서 그럽니다."

*　　　*　　　*

마음을 정리하자 사냥은 순조롭게 진행되었다.

나는 호숫가 뒤에 은신을 한 상태에서 무리를 이탈하거나 혼자 다니는 몬스터를 사냥했다.

이틀 동안 세 종류의 몬스터의 피를 흡수할 수 있었고 수십 마리의 몬스터에게서 마정석을 뽑아내었다.

사장에게 환전을 부탁할 마정석을 제외하고는 전부 드워프에게 주었다.

마정석을 받은 드워프들은 나에게 농기구와 맥주를 공급했다.

이상적인 상황이었다.

마을에 필요한 도구가 있으면 드워프에게 말만 하면 충분했다.

그들은 뛰어난 장인이었기에 설계도조차 필요 없었다.

그는 내가 생각했던 것보다 항상 더 뛰어난 도구를 만들어 주었다.

힘 : A(Ⅲ)
민첩성 : B(Ⅰ)
마력 : B(Ⅰ)
재생력 : B(Ⅰ)
특수 능력 : 은신, 강한 힘, 부식, 재생력, 정력 강화, 화계 면역, 독 면역, 비늘 강화, 언어 능력 강화, 수중 호흡, 회복의 물방울

하얀 털을 가진 곰 같은 몬스터와 거대 악어, 그리고 괴물 토끼의 피를 흡수했다.

민첩성이 한 단계 상승했다.

그렇게 강한 몬스터를 잡은 것은 아니었기에 그렇게 많이 강해진 느낌은 아니었다. 그래도 조금씩 성장해 나가는 느낌에 만족스러웠다.

오늘도 사냥을 마치고 드워프에게 맥주를 받아 마을로 돌아왔다.

맥주를 받고 좋아할 마을 사람들의 모습을 상상하니 나까지 기분이 좋아졌다.

텔레포트는 사람들의 눈을 피해 항상 지하실에서 이용했다.

어두운 지하실을 나오자 밝은 햇살이 나를 반겼다.

지금은 한창 감자를 수확하고 있을 시간이었기에 감자밭이 있는 곳으로 맥주를 들고 이동했다.

깨끗한 거리와 조용한 마을이었다.

갑자기 이상한 느낌이 들었다.

지금 시간에 마을이 조용할 리가 없었다.

마을을 뛰어다니는 아이들과 저녁을 준비하는 아주머니들로 마을은 시끄러워야 했다.

나는 맥주를 땅에 내려놓고 급히 감자밭이 있는 곳으로 달려갔다.

무슨 일이 생긴 건가?

안 좋은 생각이 머릿속을 맴돌았다.

감자밭에 도착해서야 마을이 조용한 이유를 알 수 있었다.

"어디를 그렇게 다녀오시나. 한참이나 기다렸네."

감자밭에 무릎을 꿇고 앉아 있는 마을 사람들. 그리고 그 주위를 둘러싸고 있는 헌터들.

그들은 대구 지역의 헌터들이 아니었다.

수원에서 보았던 경기도 지역 헌터들과 지부장들이었다.

"무슨 짓이냐? 왜 이런 짓을 벌이는 거지?"

"리치의 끄나풀에게 우리가 반말을 들을 이유는 없다고 생각하는데."

비릿한 웃음을 지으며 나를 바라보는 그들의 눈빛이 뱀처럼 느껴졌다.

먹이를 노리는 뱀의 눈빛.

그들이 나에게 원하는 것이 무엇이란 말인가.

"이러는 이유가 무엇이냐? 내가 왜 이런 대우를 받아야 한다는 말이냐! 나는 너희들을 위해 제물이 되어주었다. 그 보상이 고작 이거란 말이냐!!"

"리치의 제물은 무슨. 리치의 앞잡이이겠지. 헌터 협회에서 회의를 내린 결과 너는 죽어줘야겠다. 그리고 이 마을 또한 사라져 줘야겠어."

"마을 사람들은 건들지 마라."

"우리도 무고한 사람을 죽이고 싶지는 않은데. 네가 마을 사람들에게 무슨 짓을 해놓은 줄 우리가 어떻게 알겠어. 위험 요소는 미리 처단해야지."

제7장
미궁

그들의 눈빛에서 추악함이 느껴졌다.

자기 합리화.

무서운 단어라고 생각해 본 적 없는 단어가 오늘따라 정말 무섭게 느껴졌다.

저들은 나의 존재가 거슬릴 뿐이었다.

내가 그들에게 준 피해는 아무것도 없다.

단지 자신들의 치부를 잊고 싶었기에 이런 행동을 하는 것이다.

시간이 지나면 그들은 후회를 할 것이다.

그때 왜 그랬을까? 상부의 결정을 따르지 말았어야 할 것을.

그런 말을 하며 허탈한 웃음을 한 번 지어 보이겠지.

나와 마을 사람들의 목숨 값치고는 너무 헐값이다.

그들과 맞서 싸운다면 승산은 몇 %일까?

마을 사람들의 목숨을 도외시하고 싸운다고 해도 10%를 넘지 않을 것이다.

지금 마을 사람들을 둘러싸고 있는 헌터의 숫자는 60명가량.

내가 순순히 그들에게 목을 내어준다고 해도 마을 사람들의 목숨을 보장할 수 없는 상황이다. 이런 지금 상황에서 나에게 선택권은 많지 않았다.

호수로 가자.

나와 거래를 하고 있는 드워프가 말했지 않은가.

호수로 갔던 드워프는 하루 만에 드래곤과 겨룰 정도로 강해져 돌아왔다고.

드워프는 해가 지고 달이 뜰 때부터 호수는 미궁의 입구로 바뀐다고 했다.

지금쯤 호수는 이전의 모습을 지우고 새로운 도전자를 기다리고 있을 것이다.

지금의 나의 선택이 옳은 결정일지는 몰랐다.

하지만 내 머릿속에는 호수 말고는 다른 해결책이 떠오르지 않았다.

시간이 없다.

호수만이 살길이다.

나는 호수를 생각하며 목걸이를 만졌다.

스으으으.

스산한 소리를 내는 호수가 나를 반기고 있었다.

호수의 물은 어디론가 다 빠져 버리고 지하로 향하는 돌계단이 보였다.

돌계단 끝에는 활짝 열려 있는 문이 보였다.

나는 달리기 시작했다. 미궁으로 향하는 계단을 나처럼 달려 내려간 자가 있을까?

일분일초가 아까운 순간이다. 내가 조금이라도 늦는다면 마을 사람들의 목숨을 보장할 수 없었다.

"허어억."

돌계단으로 뛰어 내려가는 속도를 주체하지 못하고 그대로 문을 통과했다.

문 밑에는 낭떠러지였다. 당연히 있을 거라 생각했던 바닥이 느껴지지 않자 놀이기구를 탈 때나 느꼈던, 심장 떨어지는 느낌을 받았고 내 입에서는 작은 비명이 흘러나왔다.

쿵.

볼썽사납게 엉덩방아를 찧는 꼴은 피했지만 다리를 타고 찌릿한 느낌이 올라왔다.

꽤 높은 곳에서 떨어졌기에 다리에 금이 간 듯했다.

가만히 있기만 해도 뛰어난 재생력으로 치료가 될 것이지만 지금 내가 있는 곳은 미궁이다.

갑자기 어떤 몬스터가 튀어나올지 몰랐기에 나는 회복의 물방울을 만들어 다리를 문질렀다. 확실히 다리에서 오는 고통이 급속도로 줄어들었다.

나는 다리가 정상으로 돌아옴과 동시에 은신을 펼쳤다.

수많은 드워프가 도전했지만 한 명 말고는 살아 돌아오지 못한 곳이기에 어떤 위험이 찾아올지 모르는 일이다.

미궁 속은 대체적으로 어두운 분위기였지만 충분히 사물을 알아볼 정도는 되었다.

쿵쿵.

여러 개의 발걸음 소리가 들렸다.

내가 떨어진 소리에 몬스터들이 모여드는 것 같았다.

나는 그들을 피해 외곽으로 움직였다.

천천히.

발소리를 내지 않기 위해 아주 조금씩 움직였다.

마치 슬로모션처럼 한 발자국을 움직이는 데 오랜 시간이 걸렸다.

몬스터들은 내가 지금까지 봐온 몬스터의 모습보다 훨씬 흉물스러웠다.

온몸에 심각한 흉터를 두르지 않은 몬스터를 찾아볼 수 없었다.

하지만 그들은 이 미궁에서 약자의 입장일 것이다.

미궁의 입구에서 새로운 사냥감이 떨어지기만을 기다리는 최약체 몬스터.

자신보다 약한 몬스터가 미궁 안에는 없기에 미궁의 입구에서 입을 벌리고만 있는 것이다.

내가 이미 사냥해 봤던 몬스터들의 모습도 보였다.

미노타우로스와 오우거.

그들의 힘은 강했다. 한 손으로 나무뿌리까지 뽑아내는 오우거도 여기서는 약자일 뿐이었다.

지금 나에게 가장 필요한 것은 여유였다.

조급해할 필요는 없다. 이곳에서의 시간은 영원하기에.

무한한 시간을 이용해야 했다.

조급함은 실수를 부르고 그 한 번의 실수에 목숨을 잃을지도 모른다.

내가 목숨을 잃는다면 모든 것이 부질없는 짓이다.

나를 기다리고 있는 동생들과 마을 사람들의 목숨은 거미

줄에 걸린 파리와 같아질 것이다.

먼저 안전한 장소를 찾자.

나만의 보금자리.

은신을 유지한 채 있을 수는 없었다.

마력이 이전보다 강해졌기에 은신을 유지할 수 있는 시간이 길어지긴 했지만 영원히 펼칠 수는 없었다.

아직 미궁 깊은 곳으로 들어가기에는 위험 부담이 너무 컸다.

일단 미궁의 입구부터 정리해야 한다.

몬스터를 피해 조심스레 주변을 살폈지만 마땅히 내가 지낼 만한 장소는 보이지 않았다.

딱딱한 돌로 둘러싸여 있는 이곳은 마치 절벽의 틈에 갇혀 있는 느낌이었다.

"크아아앙!"

배고픔에 지쳤는지 한 마리의 몬스터가 휘청거렸고 그 틈을 놓치지 않고 다른 몬스터들이 달려들었다.

이곳이야말로 진정한 약육강식의 장이다.

이런 소란은 내가 정말 원하던 것이다.

서로의 살을 물어뜯느라 바쁜 몬스터를 피해 절벽을 타고 올라갔다.

그리고 돌을 검으로 뜯어내었다.

내 한 몸 누울 정도의 장소만 있으면 된다.

절벽 중간에 1m 조금 넘는 홈을 만들 수 있었다.

급히 절벽에 홈을 만드느라 돌멩이들이 땅으로 떨어져 소음을 만들었기에 몬스터들이 나를 발견할 것만 같았지만 다행히 아직까지 먹이다툼이 끝나지 않았기에 몬스터들은 나를 발견하지 못하고 있었다.

앉을 수도 없는 작은 홈이었지만 구부정하게 누우면 충분히 몸을 가릴 수 있었다.

이런 소란이 한 번 더 일어나기만을 기다려야 했다.

홈의 크기는 소란이 일어날 때마다 커졌고 나는 한층 편안하게 몬스터들의 아귀다툼을 지켜보았다.

한 마리의 미노타우로스가 뼈도 남기지 않고 사라지자 몬스터들은 잠잠해지기 시작했다.

그들은 미궁의 입구를 어슬렁거리다 자리를 잡고 쉬고 있었다.

언제 누가 다음 사냥감이 될지 모르기에 최대한 체력을 아끼려고 하는 것이다.

미궁 안은 항상 일정한 밝기를 유지하고 있었기에 낮과 밤을 구별하기 힘들었다.

때문에 나는 내 몸속을 흐르는 피의 반응으로 낮과 밤을 구별해 보았다.

아직 밤은 끝나지 않았는지 몸속에 흐르는 피가 빠르게 움직이고 있었다.

낮이 되면 힘은 절반으로 떨어질 것이기에 지금 당장 몬스터 사냥을 시작하고 싶었다.

조급해하지 말자.

나도 모르게 조급한 마음을 먹고 말았다.

이제 첫날이다. 신혼부부의 첫날밤도 아니고 흥분할 이유가 없다.

지금은 생각을 할 때다. 지금 내가 들고 있는 물건부터 생각했다.

검 한 자루와 목걸이. 이 두 가지뿐이다. 급히 오느라 아무런 물건도 챙기지 못했다.

사람이 목숨을 유지하기 위해서는 수분과 음식물을 섭취해야 한다. 여기에서 물과 음식물을 구할 방법은 하나뿐이었다.

나도 다른 몬스터처럼 휘청거리는 몬스터의 살과 피를 먹어야 했다.

일반적으로 몬스터의 체내에는 독성분이 있기에 인간은 몬스터를 먹지 못한다.

하지만 나는 불행 중 다행으로 독에 대한 면역이 있었기에 그것이 가능했다.

그렇다고 해서 지금 당장 몬스터의 살을 베어 먹고 싶을 정도로 배가 고프지는 않았다.

오늘은 분위기를 파악하는 것으로 만족하자.

절벽 틈새에서 몬스터의 동향을 살폈다.

몬스터들은 눈을 감고 움직이지 않고 있었다.

다행스럽게도 무리를 이루고 있는 몬스터는 보이지 않았다.

각개격파를 하면 된다는 말이다.

미궁의 입구에 자리 잡고 있는 몬스터의 숫자는 서른 마리가량.

하루에 한 마리씩 한 달이면 충분하다는 계산이 나왔다.

조금 무리한다면 10일 안에도 처치가 가능했다.

오우거의 모습이 보인다는 뜻은 다른 몬스터의 힘이 오우거와 비슷하다는 뜻이다.

집중 공격만 당하지 않는다면 일대일로 나를 이길 몬스터는 여기에는 없다.

대략적이지만 이 정도의 정보면 사냥 계획을 세우는 데 무리는 없었다.

이제는 내일을 위해 휴식을 해야 한다.

하루 동안 몬스터 간의 먹이 사냥이 두 번 일어났다.

몬스터들의 굶주림의 한계가 반나절이라는 말이다.

그동안 나는 홈을 더 키울 수 있었다. 이제는 충분히 다리를 뻗고 누울 정도의 공간은 되었다. 여기서 가만히 일주일 정도만 있으면 몬스터의 숫자는 알아서 줄어들 것 같았다.

쿵.

절벽 위에 있는 미궁의 구멍에서 새로운 몬스터가 떨어졌다.

쿵. 쿵.

이번엔 두 마리의 몬스터가 떨어졌다.

총 세 마리의 몬스터가 땅에 떨어졌고 몬스터들은 그중 약해 보이는 몬스터들을 향해 달려들었다.

결국 숫자는 유지되었다.

죽은 몬스터의 숫자만큼 새로운 몬스터가 미궁으로 유입되었다.

나는 이틀에 한 번 사냥을 했다.

굶주림에 체력이 떨어지기 직전에만 몬스터의 살과 피를 먹었다.

1주일 동안 미궁의 입구에서 지낸 결과 미궁의 구멍을 통해 새로운 몬스터가 떨어지는 숫자는 랜덤이었다.

어느 날은 한 마리가, 또 다른 날은 열 마리가 미궁의 구멍에서 떨어졌다.

이대로 가다간 평생 미궁의 입구에서 지내야 할 것 같았다.

새로운 종류의 몬스터의 힘을 흡수해야 했다.

나는 하루에 한 번으로 사냥의 간격을 좁혔다.

그리고 이제까지 흡수하지 않았던 몬스터의 피를 흡수하기로 했다.

쿵.

한 마리의 오크가 땅으로 떨어졌고 그 충격으로 제대로 서 있지 못하는 오크를 향해 고참 몬스터들이 달려들었다. 신입에 대한 신고식이라고 하기에는 그들의 행동은 과했다.

한 점이라도 더 많은 살점을 가지기 위해 치열하게 먹이다툼을 하느라 소란스러운 틈을 타 절벽을 기어 내려왔다.

천천히 움직일 필요는 없었다. 피 냄새에 이미 그들은 제정신이 아니었다.

나는 그중 표범과도 비슷하게 생긴 몬스터를 향해 다가갔다.

그 몬스터의 송곳니는 내 팔뚝보다 두꺼웠다.

하지만 무섭지는 않았다. 그런 것에 무서워하기에는 미궁에서 지낸 1주일이 아까웠다.

나는 어렵사리 구한 오크의 살점을 허겁지겁 물고 있는 표범형 몬스터의 뒤로 다가가 척추 옆을 찌르고는 재빠르게 피를 흡수했다.

이 몬스터의 피 냄새는 금세 미궁 안으로 퍼질 게 분명했고 다른 몬스터들이 달려들 것이었다.

나는 충분히 피를 흡수하고는 표범형 몬스터의 옆구리 살 한 점을 잘라냈다.

피를 마셔 목이 타지는 않았지만 허기는 그대로였기에 식량이 필요했다.

숨이 끊어지기 직전인 표범형 몬스터를 두고 다시 절벽을 타고 올라갔다.

보금자리로 올라와 표범형 몬스터의 옆구리 살을 조각내어 씹으며 아래를 바라보았다.

이미 표범형 몬스터 주변에는 많은 수의 몬스터가 치열하게 먹이다툼을 하고 있었다.

입에는 여전히 살코기를 씹으며 몸에 힘을 주었다.

표범형 몬스터의 피는 어떤 능력을 올려주었을까?

힘은 똑같았기에 민첩성이 올라갔을 거라는 추측만을 했다.

특수 능력을 알아보는 것은 불가능했다.

기본 능력이 상승한다는 것에 만족해야 했다.

*　　　*　　　*

미궁에 들어온 지 한 달이 지났다.

나는 이곳에 있는 모든 종류의 몬스터의 피를 흡수했다.

여덟 마리.

하루에 한 번의 사냥을 했지만 힘을 흡수한 몬스터의 숫자는 여덟 마리에 불과했다.

단지 허기짐을 달래기 위해 매일같이 사냥을 할 뿐 더는 새로운 힘을 얻을 방법이 없었다.

이제는 미궁의 입구를 벗어나 안쪽으로 들어갈 때였다.

그전에 마지막으로 한 마리의 몬스터를 사냥할 생각이었다.

비상식량이 필요했다.

미궁의 안쪽에는 어떤 상황이 펼쳐질지 몰랐다.

당분간은 사냥을 하지 못할 수도 있었다.

그때를 대비해 비상식량이 필요했다.

지금까지 여덟 종류의 몬스터의 살점을 씹어 먹어보았다.

그중 가장 먹을 만한 몬스터는 미노타우로스 뒷다리 살이었다.

처음 씹을 때는 역한 맛이 났지만 자꾸 씹다 보면 약간이지만 고소한 맛도 났다.

다른 몬스터들은 처음부터 끝까지 쓴맛뿐이다.

약간의 고소함이 주는 혀의 행복감은 미궁에서 느낄 수 있는 유일한 사치였다.

쿵.

이 소리는 미궁의 구멍을 통해 몬스터가 떨어지는 소리이며 나에게는 사냥 개시를 알리는 신호탄이다.

떨어진 몬스터를 향해 달려드는 미궁의 몬스터들.

나도 그중 하나였다.

단지 나의 목표는 미노타우로스의 뒷다리라는 게 다를 뿐.

모든 몬스터는 새로 떨어진 몬스터 쪽으로 시선이 가 있었고 미노타우로스도 마찬가지였다. 서로를 견제하며 한 조각이라도 많은 살점을 가지기 위해 아등바등하는 몬스터들.

나는 그런 몬스터 뒤로 다가갔다.

콧김을 내며 우악스럽게 팔을 휘두르고 있는 미노타우로스에게 다가가 그의 뒷다리를 향해 검을 휘둘렀다.

스윽.

뒷다리가 몸통과 분리되었다. 나는 얼른 뒷다리를 품속에 챙기고는 은신을 펼쳤다.

미궁 입구의 몬스터들에게는 새로운 먹잇감이 하나 더 생겼다.

미노타우로스의 얼굴에 주먹을 꽂아 넣고 무작위로 구타를 가하는 몬스터들이었다.

1분도 버티지 못하고 미노타우로스는 죽음을 맞이했고 그의 몸은 수십 조각으로 찢어졌다.

나는 만족스러운 얼굴을 하고 있는 몬스터들을 뒤로한 채 미궁의 안쪽으로 움직였다.

미궁의 안쪽으로 걸어 들어가자 지하로 통하는 계단이 보였다.

은신을 유지하고 계단을 통해 지하로 걸어갔다.

나선으로 꼬여 있는 계단의 막바지가 보였고 나는 아주 천천히 움직이며 기척을 최대한 숨겼다.

계단의 막바지에서는 미세한 빛이 뿜어져 나왔다.

미궁의 입구보다는 확연히 밝은 곳이었다.

이곳에는 어떤 몬스터들이 있을지 기대되었다. 미궁의 입구에서 충분히 몸은 풀었다.

*　　　*　　　*

내가 생각하는 좋은 헌터의 요소는 두 가지이다.

때를 기다릴 수 있는 참을성과 상대와 나의 능력치를 판별할 수 있는 눈.

쉬운 몬스터라고 생각해서 무작정 덤벼들다가는 예상치

못한 공격에 피해를 입을 수 있었다. 그리고 몬스터의 힘을 파악하지 못하고 달려들다가는 목숨이 여러 개라고 해도 살아남을 수 없다.

지금 나에게 필요한 것은 참을성이다.

미궁 지하 1층으로 들어온 순간 나는 느낄 수 있었다.

미궁의 입구와는 차원이 다른 분위기. 여기는 지금까지 상대했던 몬스터들보다 훨씬 강한 몬스터들이 있다는 걸 부딪쳐 보지 않아도 알 수 있다.

나는 미궁의 입구와 마찬가지로 몸을 숨길 장소를 최우선적으로 찾고 때를 기다려야 했다.

어느 몬스터든 약간의 틈만 보인다면 그의 피를 흡수할 수 있을 것이다.

미궁의 입구처럼 절벽에 홈을 만들어 숨어 지내는 것은 불가능했다.

하늘을 날아다니는 비행형 몬스터의 모습이 보였기 때문이다.

하늘이 안 되면 땅이다.

나는 이미 여러 번 경험이 있는 두더지 작전을 실행했다.

아주 조금씩 땅을 파기 시작했다. 땅을 판다기보다는 땅속으로 들어간다는 표현이 맞았다.

마치 드릴처럼 땅에 구멍을 내며 땅속으로 들어갔다.

비스듬히 땅속으로 파고들었기에 머리가 튀어나올 수밖에 없었다.

머리까지 전부 땅속으로 파고들어 가면 숨을 쉴 수가 없기에 머리 위를 대충 흙으로 덮고 눈과 코만을 밖에 두었다.

일련의 작업이 끝난 뒤에 팔까지 땅속으로 집어넣었다.

이제 참을 인 자를 머릿속으로 그리기만 하면 된다.

나는 땅속에서 몬스터들 간의 다툼이 일어나거나 다른 사건이 발생하기만을 기다렸다.

하루 동안 땅속에서 쥐 죽은 듯 기다렸지만 아무런 사건도 일어나지 않았다.

미궁의 입구에서는 하루에 두 번은 먹이 사냥이 벌어졌지만 여기는 달랐다.

서로가 강한 힘을 가지고 있다는 것을 알고 있었기에 더욱 조심스럽게 움직였다.

그리고 오늘 드디어 허기짐을 참지 못한 한 몬스터가 움직였다.

머리가 두 개 달린 트윈헤드 오우거다.

그는 머리가 두 개 달렸지만 생각은 두 개만큼의 값을 못 했다.

그가 움직이자 기다렸다는 듯이 다른 몬스터들이 그를 향해 이빨을 들이밀었다.

트윈헤드의 오우거의 머리 중 하나가 회색 와이번의 발에 뜯겨 나갔다.

그는 이제 돌연변이가 아닌 일반적인 오우거가 되었지만 좋아하는 기색은 전혀 느껴지지 않았다. 그는 고통에 몸부림 쳤고 그런 행동은 다른 몬스터의 공격성을 상승시킬 뿐이었 다.

나는 조심스레 땅속에서 일어났다.

지금이 내가 기다리던 때라는 것을 알았다. 지금이 아니면 며칠을 더 땅속에서 기다려야 할지 몰랐다. 참을성도 중요하 지만 그만큼 실행력도 중요하다.

이미 많은 몬스터가 먹이로 삼고 있는 트윈헤드 오우거를 노리는 짓은 바보 같은 행동이다.

나는 트윈 헤드 오우거의 다리를 질겅질겅 씹고 있는 악어 형 몬스터에게 다가갔다.

악어형 몬스터는 일반 악어와 달리 누워 지내지 않았다.

얼굴만 악어의 형상을 하고 있을 뿐 두 다리는 오우거만큼 이나 건장했다.

그런 악어형 몬스터의 다리를 노렸다. 악어형 몬스터는 트 윈헤드 오우거에 모든 관심을 집중하고 있었기에 나의 움직 임을 알아채지 못하고 있었다. 나는 그의 다리에 재빨리 작은 생채기를 내고는 입을 가져다 대었다.

예상치 못한 일이 벌어졌다. 악어형 몬스터가 소리를 지르며 나를 떨쳐 내기 위해 발광을 하였던 것이다. 그런 그의 행동에 하나둘 다른 몬스터가 악어형 몬스터에게 관심을 가졌고 다리 위에 매달려 있는 나의 모습을 알아챘다.

하지만 지금 도망을 갈 수는 없다. 조금만 더 피를 흡수하면 나는 악어형 몬스터의 힘을 가지게 된다. 그 유혹을 떨쳐 내기는 쉽지 않았다.

여러 몬스터들의 시선이 느껴졌지만 나는 악어형 몬스터의 다리를 붙잡고 놓지 않았다.

쿵.

악어형 몬스터가 바닥에 쓰러졌다. 나에게 모든 힘을 빼앗겼다는 뜻이다.

이제 나는 그들이 내가 아닌 악어형 몬스터에게 관심을 가지기를 기도해야 했다.

먹음직스러운 몬스터가 눈을 뒤집고 쓰러져 있다.

'나한테 신경 끄고 어서 저 몬스터의 살과 피를 먹어라.'

마음속으로 기도를 했다. 다행히 기도는 이루어졌고 몬스터들은 두 무리로 나뉘어 움직였다.

한 무리는 트윈헤드 오우거에게, 다른 한 무리는 악어형 몬스터에게 달려들었다.

이제 조용히 사라지면 되는 순간이다.

나는 은신을 펼치고 뒷걸음질을 쳤다.

그 순간 내 등을 치는 느낌이 들었다.

"인간인 거 같은데 어떻게 우리 종족과 비슷한 능력을 가지고 있지?"

부드러운 여자의 목소리였다.

나는 조심스레 고개와 몸을 돌려 나를 부르는 이의 모습을 확인했다.

중세풍 드레스를 입고 있는 여인이었다. 그녀는 유난히 가슴이 도드라지게 만들어진 옷 때문인지는 몰라도 매혹적인 모습이었다.

그녀의 등 뒤에 달린 박쥐 형상의 날개가 아니라면 그녀를 인간이라고 착각했을 수도 있었다. 나를 발견하고 말을 걸어온 그녀를 피해 도망갈 수는 없었기에 일단 나는 대화를 시도했다.

"어떤 능력을 말하시는 겁니까?"

나는 보랏빛을 띠는 그녀의 눈동자를 바라보며 말했다.

"어떤 능력인지 몰라서 물어보는 거야? 아무리 봐도 뱀파이어로는 보이지 않는데. 송곳니도 이상하고. 근데 어떻게 피의 권능을 가지고 있는 거지? 나도 이제야 겨우 사용할 수 있는 능력인데 말이야. 너 뱀파이어 아니지?"

그녀의 정체가 뱀파이어라는 것을 대화를 통해 알 수 있었다.

"뱀파이어라고 하면 뱀파이어고 인간이라고 하면 인간입니다."

두루뭉술한 대답이었지만 이 말보다 지금 나의 상황을 더 자세히 설명해 줄 수 있는 말은 없을 것이다.

내가 인간인가? 한 번도 내가 인간이 아니라는 생각은 하지 않았지만 그녀의 말을 듣고 보니 몬스터의 피를 흡수하는 내가 인간인지 의심이 가긴 했다.

"일단 여기를 벗어나서 얘기하는 게 좋겠어. 너 날 수 있어?"

나에게 날개는 없다. 당연히 날지는 못한다.

"날지 못합니다."

"아니, 피의 권능을 가지고 있으면서 비행은 하지 못한다? 정말 정체가 궁금하네. 내 손을 잡아."

나는 약간 주저하다 악의가 없어 보이는 그녀의 손을 잡았다.

그녀의 손을 잡자 그녀는 나의 손을 그녀의 허리를 감싸게 만들었고 그녀의 날개가 퍼덕거리며 움직였다.

하늘을 날고 있었다.

하늘을 나는 기분은 정말 좋았다. 바람 한 점 불지 않는 지하 미궁에서 지내고 있던 나였기에 오랜만에 머릿결을 건들

고 지나가는 바람이 무척이나 상쾌했다. 절대 그녀의 가슴이
내 얼굴에 닿아 있었기 때문이 아니다.

　한참을 날아 도착한 곳은 지하 미궁과 어울리지 않는 장소
였다.

　조잡해 보이긴 하지만 침대도 있었고 음식을 먹기 위한 테
이블도 있었다.

"여긴 어디입니까?"

"어디긴 어디야, 미궁 안이지. 그걸 아직도 몰랐어?"

바보 같은 질문을 했다는 걸 깨달았다.

"여기가 당신의 보금자리입니까?"

아까보다는 좀 더 정확한 질문을 그녀에게 했다.

"내가 20년을 걸려 만든 보금자리지. 이곳에 초대된 남자
는 네가 처음이니 자랑스럽게 생각해도 좋아."

"감사합니다."

"그래, 이제 본격적으로 얘기해 보자고. 여기를 침범할 몬
스터는 없으니까. 마음 편히 먹어도 괜찮아."

미궁도 서로의 영역이 있는 것인가?

확실히 그녀의 보금자리 주변에는 다른 몬스터의 모습이
보이지 않았다.

"너 혹시 뱀파이어에게 물린 적 있어?"

"뱀파이어에게 물린 적은 없습니다. 하지만 뱀파이어의 피를 먹은 적은 있습니다."

뱀파이어의 순혈을 먹었다고 표현하는 게 옳은지는 몰랐다. 피를 흡수한 곳은 입이 아닌 손에 난 상처였지만 어쨌든 그보다 나은 표현을 몰랐기에 먹었다고 말하는 수밖에 없었다.

"뱀파이어의 피를 먹었다고? 특이한 케이스네. 확인해 보면 알겠지."

그녀는 가슴속으로 손을 집어넣어 작은 칼을 꺼내 들었다.

나는 무기를 꺼낸 그녀의 모습에 검에 손을 올렸다.

"그렇게 큰 검으로 하려고? 내가 끝나고 이 칼 빌려줄게."

의미를 알 수 없는 말을 하는 그녀였다. 그녀는 칼끝을 손바닥에 가져다 대었고 손바닥에는 피가 송글송글 맺히기 시작했다. 갑자기 그녀가 자해를 하는 이유를 알지 못했다.

"무슨 짓을 하는 겁니까?"

"너, 피의 확인도 모르는 거야?"

피의 확인? 처음 들어보는 단어였다. 뱀파이어에 대한 지식이라고는 피를 마셔 힘을 유지하는 존재라는 사실 말고는 알고 있는 게 없었다.

"모릅니다."

"에휴. 피의 확인이란 뱀파이어끼리 힘을 확인하는 절차야. 이렇게 손바닥에 상처를 내어 맞잡으면 서로의 힘을 확인할 수 있는 거지. 이걸 하면 네가 뱀파이어인지 인간인지 알수 있어. 자, 너도 어서 해."

그녀는 나에게 자신의 칼을 건네주었고 나는 어쩔 수 없이 손바닥에 조그마한 상처를 내었다.

"잡아."

나는 그녀가 내민 손을 맞잡았다. 아무런 변화가 느껴지지 않았다.

역시 난 인간인 건가.

"하아아아."

그녀의 입에서 신음 소리가 터져 나왔다.

신음 소리와 함께 몸까지 배배 꼬며 어쩔 줄 몰라 하는 그녀였다.

나는 그녀가 왜 그런 행동을 하는지 알지 못했지만 그녀의 행동을 막을 수도, 맞잡은 손을 놓을 수도 없었다.

얼마나 꽉 잡았는지 그녀의 손톱이 나의 살갗을 파고들어 왔다.

"그만. 이제 그만하라고!"

그녀의 긴 손톱이 절반이나 내 손등을 파고들었다.

"알겠습니다, 주인님."

웅? 뭐지?

내 머리 위로 물음표 부호가 떠올랐다.

"나에게 한 말이야?"

"네, 주인님."

처음과 달리 다소곳하게 변한 그녀의 모습에 적응이 되지 않았다.

나를 가지고 노는 것인가?

"내가 왜 당신의 주인입니까?"

지금까지 애완동물 한 마리 키워본 적이 없었기에 생물의 주인이 되어본 적이 없었다.

그런데 갑자기 나를 주인이라고 부르는 여인의 말에 당황하지 않을 수 없었다.

"피의 확인을 통해 제 몸에 주인님의 피가 각인되었습니다."

이건 또 무슨 소리인가?

"정확히 설명해 보세요. 각인은 또 뭐에요?"

"피의 각인이란 상위 계급의 뱀파이어가 하위 뱀파이어의 주인이 되는 과정을 말합니다."

피의 각인.

이 말은 그녀가 나를 노예로 부리기 위해 피의 각인을 시도했다는 말이었다.

"제가 하위 뱀파이어라고 생각했습니까?"

"죄송합니다. 제가 감히 몰라보고 주인님을 속였습니다."

털석.

그녀는 바닥에 무릎을 꿇고 나에게 용서를 빌었다.

그녀의 행동이 진실이라는 것이 느껴졌다.

가슴이 아닌 나의 혈관을 타고 흐르는 피가 사실이라고 말했다.

"일어서세요."

"감사합니다, 주인님. 저에게 하대를 해주세요. 감히 주인님에게 존대를 받으니 몸둘 바를 모르겠습니다."

첩첩산중이었다. 이러다가 밤 시중까지 들겠다고 달려드는 건 아닌지.

"그러면 편하게 말할게. 일단 어떻게 된 일인지부터 설명 좀 해봐."

내가 자신을 존대하는 것을 못 참아하는 그녀 덕에 오랜만에 여성에게 반말을 하게 되었다. 물론 마을에 있는 아이들을 제외하면 말이다.

"뱀파이어는 철저한 계급사회로 구성되어 있습니다. 상위 귀족들에게 하위 뱀파이어가 복종을 하는 것은 당연합니다. 그리고 주인님은 제가 상상도 하지 못하는 고귀한 혈통을 타고나신 분입니다. 제가 어찌 주인님을 모시지 않을 수 있겠습니까."

"내 혈통에 대해 정확히 알고 있어?"

꿈속에서 보았던 순혈의 뱀파이어. 그의 존재를 그녀의 입을 통해 알아낼 수 있을지도 모른다는 희망이 생겼다.

"죄송합니다. 제 피는 주인님의 혈통이 고귀하다고 증명할 뿐 정확한 혈통은 가르쳐 주지 않았습니다. 하지만 뱀파이어 중에 주인님보다 더 고귀한 혈통은 몇 되지 않는다고 확신합니다."

"왜 그런 확신을 하는데?"

"저는 뱀파이어 퀸의 손녀입니다. 뱀파이어 세계에서 저보다 높은 계급은 몇 되지 않습니다."

철저한 계급사회로 통치되고 있는 뱀파이어의 세계였다.

"뱀파이어의 세계에서 누가 가장 높은 계급을 가지고 있지?"

"현재 뱀파이어는 두 가지 파벌로 나뉘어 있습니다. 저의 할머니인 뱀파이어 퀸과 암흑 공작. 이 두 뱀파이어가 현재 가장 높은 계급을 가지고 있습니다."

뱀파이어 왕은 없다는 얘기였다.

여왕과 공작의 세력다툼.

호랑이가 없는 곳에 늑대와 여우가 싸우는 꼴이다.

"뱀파이어 왕은 어디 가고?"

"뱀파이어 왕이 사라진 지도 수백 년이 흘렀습니다. 왕의 존재를 아는 사람은 아무도 없습니다."

꿈속에서 보았던 순혈의 뱀파이어가 뱀파이어의 왕일 가능성에 대해 생각해 보았다.

하지만 그럴 가능성은 높지 않았다.

일단 순혈의 뱀파이어가 나타난 시기는 몬스터 도어가 생기기 훨씬 이전이었다.

생각해 봐야 답이 나오지 않는 문제로 고민할 필요는 없다.

"미궁에서 산 지 얼마나 되었다고?"

"21년이 넘었습니다."

"어쩌다가 이곳까지 들어오게 된 거야?"

"호기심에 그만……."

뱀파이어도 호기심이 있다는 것을 오늘 알았다.

보지 않아도 뱀파이어 퀸이 그녀 때문에 속을 썩고 있다는 걸 알 수 있었다.

"미궁의 구조에 대해서 알고 있어?"

"제가 21년 동안 조사해 본 결과 미궁은 총 5층으로 구성되어 있습니다. 1층은 미궁의 초입으로서 가장 약한 몬스터들이 서식하고 있습니다. 그리고 2층인 이곳은 일반 몬스터보다 강한 몬스터들이 지내는 곳입니다. 그리고 3층은 언데드들의 휴식처입니다. 그곳에는 좀비와 스켈레톤뿐만 아니라 듀라한까지 자리 잡고 있습니다. 듀라한을 제외하면 그렇게 강하지 않은 언데드들이지만 살아 있는 존재에게는 끊임없이 달려듭니다."

"너는 몇 층까지 가봤는데?"

"5층의 입구까지 가봤습니다."

5층의 입구까지 가봤다는 얘기에 그녀의 힘이 2층에서 머물 정도가 아니란 걸 알았다.

"4층에는 어떤 몬스터가 있어?"

"4층에는 자연계 능력을 가진 몬스터들이 서식하고 있습니다. 불의 힘을 가진 드레이크와 바람의 힘을 가진 와이번 등 이곳의 몬스터와는 차원이 다른 몬스터들이 서식하고 있습니다."

그런 몬스터를 뚫고 그녀는 5층의 입구까지 갔다는 의미이다.

"5층에는 뭐가 있는지는 모르고?"

"5층의 입구에서 느껴지는 강대한 힘에 차마 들어가 보지 못했습니다."

"넌 어느 정도 레벨인데?"

"4층에 살고 있는 자연계 몬스터 두 마리까지는 상대할 수 있습니다."

"그러면 4층에서 살지 왜 2층에서 지내는 건데?"

"4층은 너무 재미가 없습니다. 자연계 몬스터들은 딱히 먹이가 필요하지 않은 존재들이기 때문에 하루 종일 한 발자국도 움직이지 않을 때도 많습니다."

그녀는 결국 심심해서 2층에서 머문다는 것이다.

*   *   *

호기심에 미궁에 들어온 그녀답게 4층에서 충분히 지낼 실력이 있었지만 몬스터들의 움직임이 활발한 2층에서 머물렀다.

"미궁에 인간이 들어온 적은 있어?"

"제가 여기 있는 21년 동안은 한 번도 없습니다. 드워프나 다른 종족도 들어온 적이 없습니다. 오직 몬스터들만이 미궁의 아가리에 자기 몸을 들이밀었습니다."

"2층에서 너에게 위협을 가할 정도의 몬스터가 있어?"

"없습니다. 2층의 몬스터 정도는 혼자서도 학살할 수 있습니다."

가장 듣고 싶은 대답이다.

그녀의 도움이 있다면 2층의 몬스터들을 힘들이지 않고 흡수할 수 있다.

지금 나에게 보이는 그녀의 모습이 진실이라면 그녀가 나의 요청을 거절할 이유는 없었다.

"다시 몬스터가 모여 있는 곳으로 가자."

"네, 주인님."

그녀는 공손히 나를 안아 들고는 2층 몬스터가 위치하고 있는 곳으로 이동했다.

나는 정육점에서 고기를 고르는 손님의 마음으로 몬스터들을 둘러보았다.

"저기 저놈이 좋겠어."

내가 고른 고기는 오우거였다. 머리가 둘 달린 트윈 헤드 오우거.

이미 자신의 친구는 다른 몬스터의 뱃속에 들어가 있었고 그는 이곳에 남은 유일한 트윈 헤드 오우거였다.

"알겠습니다."

대답과 동시에 날개를 움직이려는 그녀였다.

"저 몬스터를 데리고 올 방법은 있는 거야?"

그녀가 트윈 헤드 오우거를 상대하는 과정에서 트윈 헤드 오우거가 날뛰게 된다면 다른 몬스터들을 자극할 것이고 그럼 결국 나의 안전이 위협받게 된다.

"여성체 뱀파이어는 매혹을 쓸 수 있습니다. 강한 정신력이 가지고 있는 몬스터가 아니라면 매혹을 막아낼 수 없습니다."

소란을 만들지 않고 트윈 헤드 오우거를 데리고 올 자신이 있어 보이는 그녀였기에 나는 그녀의 날개가 움직이는 것을 막지 않았다.

트윈 헤드 오우거의 지척으로 날아든 그녀는 트윈 헤드 오우거와 눈을 마주쳤다.

그러자 트윈 헤드 오우거의 눈빛은 점점 흐려지고 입에서는 끈적끈적한 액체가 뚝뚝 떨어지기 시작했다.

그녀의 손짓에 따라 인형처럼 움직이는 트윈 헤드 오우거는 내가 은신을 하고 있는 곳까지 천천히 걸어왔다.

"데리고 왔습니다."

나는 은신을 풀고 오우거의 앞으로 다가갔다.

"내가 힘을 흡수하는 동안 다른 몬스터의 침입을 막아줘."

트윈 헤드 오우거는 일반 오우거보다 큰 덩치를 가지고 있었다.

나의 눈높이로는 그의 허벅지를 바라보는 게 고작이다. 그거면 충분했다.

단단한 근육과 잔뜩 성이 난 핏줄들. 그 핏줄 중 하나에 검을 찔러 넣었다.

아무리 고통을 느끼지 못하는 몬스터라고 해도 이 정도 상처면 움찔거리게 마련이다.

하지만 트윈헤드 오우거는 매혹에 걸린 상태였기에 허벅

지에 피가 나고 있는 상태였지만 목석처럼 가만히 서 있었다.

허벅지를 따라 흐르는 피를 마시는 것은 성이 차지 않았다.

나는 상처를 손으로 벌려 좀 더 피가 뿜어져 나오게 만들고는 피를 마시기 시작했다.

이렇게 여유롭게 몬스터의 피를 흡수한 것은 미궁에 들어와서는 처음이었다.

아무런 방해도 받지 않고 반항조차 하지 않는 몬스터의 피를 흡수하는 것이라 내 몸에 타고 흐르는 그의 피를 좀 더 자세히 느낄 수 있었다.

목을 타고 흐르는 그의 피는 아랫방향으로 점점 내려왔다. 팔을 지나 가슴, 다리 끝까지 그의 피가 느껴졌다. 나는 나와 피의 각인을 할 때 뱀파이어가 내지른 신음을 이해할 수 있었다. 여기서 조금만 더 집중한다면 나의 입에서도 신음이 나올 것만 같았다.

"수고하셨습니다."

트윈 헤드 오우거의 허벅지에서 입을 땐 나를 보며 그녀가 말했다.

아직 그녀의 이름도 물어보지 않았었다.

"이름이 뭐지?"

"이자벨이라고 불러주세요."

"이자벨. 다른 몬스터도 한 마리씩 여기로 데리고 와줘."

"알겠습니다, 주인님."

하루에 다섯 종류의 몬스터의 피를 마신 적은 처음이다.

다섯 번의 희열을 느끼자 몸에 한계가 왔다.

과포화 상태인 것 같다.

내 피보다 몬스터의 피가 몸속에 더 많이 흐르는 것 같았다.

오늘은 히피를 마지막으로 흡수를 멈추어야 했다.

다섯 종류의 몬스터의 능력을 흡수했다. 몸 안에서 느껴지는 힘이 이전과 다르다는 것을 어렵지 않게 느낄 수 있었다.

특히 트윈 헤드 오우거의 피를 흡수했을 때는 확연히 강해진 힘에 온몸이 떨려왔었다.

나는 보금자리로 돌아와 얌전히 앉아 있는 이자벨에게 나의 상태에 대해 물었다.

미궁에서 5층의 존재를 제외하고는 가장 강한 그녀다. 그녀의 안목이 뛰어날 것은 자명한 일이다.

"지금 나 혼자 3층을 통과할 수 있을까?"

"아직은 무리라고 봅니다. 물론 듀라한과 일대일로 붙으신다면 어렵지 않게 이기실 거라고 생각은 되지만 다른 언데드를 상대하며 듀라한까지 상대하기는 무리입니다."

"그러면 2층에 있는 모든 몬스터의 힘을 흡수한다면 가능할까?"

아직 2층에는 내가 흡수하지 못한 몬스터가 많이 남아 있었다.

대충 보았을 때만 해도 20종류가 넘는 몬스터가 2층에 있었고 이제 고작 5분의 1의 몬스터의 피만 흡수한 상태다.

"2층에 있는 모든 종류의 몬스터의 힘을 흡수한다면 충분합니다. 그러면 밤이 된다면 4층의 몬스터와도 상대가 가능할 것입니다."

4층에 대한 말이 이자벨의 입에서 나왔기에 질문이 하나 생겼다.

"4층의 몬스터들은 이방인이 나타나면 어떤 반응을 보이지?"

"그들은 다른 존재에 대해 큰 신경을 쓰지 않습니다. 자존심이 강한 몬스터들이기 때문에 자신에게 위협을 가하지 않는다면 움직이지 않습니다. 단 하나, 5층의 입구로 다가가려고 하는 자가 있다면 그 대상을 공격합니다."

"그렇다는 것은 이자벨 네가 4층의 몬스터를 뚫고 5층의 입구까지 가봤다는 말이야?"

"그렇지는 않습니다. 저라고 해도 4층에 있는 모든 몬스터를 동시에 상대할 수는 없습니다. 안개로 변해 5층의 입구에 몰래 다가갔었습니다."

"안개로도 변할 수 있어?"

"안개뿐만 아니라 인간의 모습과 박쥐 그리고 고양이의 모습으로 변할 수 있습니다."

변신을 할 수 있는 능력은 유용하다. 작은 통로도 가볍게 통과할 수 있고 하늘을 날 수도 있다.

"모든 뱀파이어들이 그런 능력을 가지고 있는 건가?"

"그렇지는 않습니다만 보통 뱀파이어들은 한 가지의 모습으로는 변할 수 있습니다. 능력이 되지 않는 뱀파이어들은 쥐로 변하기도 합니다."

"나는 왜 변신이 불가능하지?"

변신은 어릴 적 동심을 가진 사람이라면 누구나 한 번쯤 상상해 보는 일이다.

"변신 또한 뱀파이어의 권능. 하지만 주인님은 그 권능을 이어받지 못했습니다. 그 대신 흡수의 권능이 다른 뱀파이어보다 특화되어 있습니다."

한 가지라도 남들보다 나은 게 있다는 게 어디인가.

아주 많은 피를 동시에 흡수했기에 몸은 평소보다 좋은 컨디션이었지만 머리가 어지러웠다. 고등학교 시험기간 때 자양강장제를 한 박스를 마신 적이 있었다. 몸은 피곤하지만 잠이 안 오는 느낌. 지금은 그 상황과 정반대였다. 몸은 정상이지만 머리가 피곤했다.

이자벨의 보금자리에 있는 침대는 한 개.

그녀와 같이 잠을 잘 수는 없었기에 나는 그녀에게 부탁을 했다.

"몬스터 가죽 있어? 있으면 하나만 꺼내줄래?"

"여기 있습니다."

나는 딱딱함이 느껴지는 몬스터 가죽을 바닥에 깔았다.

미궁에 들어오고 제대로 자본 기억이 없다. 절벽의 홈에 기대 잠을 청하거나 땅속에서 눈을 붙였다. 오랜만에 두 다리를 쭉 뻗고 눕자 절로 눈이 감겨왔다.

"주인님, 침대에서 주무세요."

"아니야, 난 이게 더 편해. 침대에서는 이자벨 네가 자."

그녀에게 하대를 하는 것이 이제는 익숙했다.

나는 평소 사람을 대함에 있어 예의를 중시하는 편이었다. 처음 보는 사람을 상대로 아무리 나보다 어려 보여도 반말을 하지는 않았다. 그리고 친해졌다고 생각해도 어느 정도 시간을 두고 말을 놓았다. 하지만 그녀에게는 너무 자연스럽게 하대가 나왔다.

피의 각인 효과인가? 그녀뿐만아니라 나에게도 피의 각인의 효과가 적용되는 것 같았다.

그녀가 나에게 공대를 하는 것과 내가 그녀에게 하대를 하는 것이 너무나 자연스럽게 받아들여졌다.

"주인님이 바닥에서 주무시는데 제가 어찌 침대에 눕겠습니까."

그녀는 나의 옆으로 다가와 누웠다.

"원하신다면 시중을 들겠습니다."

쿨럭.

나는 그녀의 말에 기침을 하며 몸을 일으켜 세웠다.

아무리 여자가 고픈 나였지만 몬스터가 우글거리는 곳에서 뱀파이어와 경험을 가지고 싶지는 않았다.

물론 그녀는 여배우보다 아름다운 얼굴에 모델보다 균형 잡힌 몸매를 가지고 있었지만 그녀와 잠을 잘 수는 없다.

"나 누가 옆에 있으면 잠을 잘 못 자니까. 이자벨 너는 침대에 올라가서 자."

"알겠습니다, 주인님."

좁은 방에 5명의 동생들과 옹기종이 모여 자는 내가 옆에 누가 있다고 못 잘 정도로 예민하지는 않았지만 이자벨을 침대 위로 올려보내기 위해서 어쩔 수 없이 거짓말을 했다.

그녀가 침대 위로 올라가는 것을 확인하고는 다시 몬스터 가죽 위에 누웠다.

돌바닥 위에 몬스터 가죽 한 장을 올렸다고 해서 푹신할 리는 없지만 미궁에 오고부터의 생활과 비교해서 나는 물침대와 다름없는 편안함을 느꼈고, 금세 잠에 빠져들었다.

                    *   *   *

"마지막 몬스터입니다."

염소 머리 몬스터의 피를 흡수한 것을 마지막으로 2층에 있는 모든 종류의 몬스터의 피를 흡수했다. 이전부터 가장 강력했던 힘은 A등급을 뛰어넘어 S등급의 초반에 위치하고 있을 것이다. 민첩성과 마력도 크게 증가했고 이제 웬만한 상처는 피가 나오기도 전에 재생되었다. 나는 이미 인간의 범주를 뛰어넘었다. 밤이 찾아온다면 SS등급의 헌터와 싸워도 지지 않을 자신이 있었다. 이기지는 못해도 지지는 않을 것이다. 나처럼 많은 능력과 뛰어난 기본 능력을 가진 헌터는 없을 것이다.

"5층에는 어떤 존재가 있을까?"

더는 미궁의 2층에서 은신을 하지는 않았다. 몬스터들은 특유의 뛰어난 육감으로 나라는 존재가 자신들보다 강한 상대라는 것을 느꼈는지 나를 피해 움직였다.

3층으로 가는 입구로 향하며 이자벨에게 5층에 살고 있는 존재에 대해 물어보았다.

"저도 모르겠습니다. 단지 우리가 예상할 수 없을 정도로 강한 힘을 가진 존재가 있다는 정도만 알고 있습니다."

이제 3층의 입구로 향하고 있다. 벌써부터 5층의 존재에 대해 궁금해할 필요는 없다.

죽음의 기사라는 듀라한에 집중해야 했다.

나는 언데드가 정말 싫었다. 다른 몬스터들도 좋아하지는 않았지만 언데드는 유독 싫었다.

언데드들은 살아 있는 존재가 아니다. 그랬기에 그들의 힘을 흡수할 수가 없었다.

먹지 못하는 플라스틱 음식 모형과 언데드는 다르지 않다.

"여기가 3층이군."

2층으로 들어올 때와 마찬가지로 지하로 내려가는 나선형 계단을 통해 3층으로 들어섰다.

썩은 내가 진동하는 죽음의 땅.

내가 처음 본 3층의 모습이었다. 흙은 더러운 검은색이었고 쓰레기 처리장에서나 나는 냄새가 3층 전체에서 나고 있었다.

기본 능력이 강해졌기에 당연히 나는 이전보다 후각도 발달했다.

처음으로 능력이 상승한 것이 원망스러웠다.

하지만 코에 있는 감각은 신체 어떤 부위보다 적응이 빨랐다.

3층에 내려온 지 얼마 되지 않아 코는 썩은 내에 적응을 했고 냄새에 신경 쓰이지는 않았다.

"이제 언데드들이 일어날 겁니다."

이자벨의 말대로 오염된 땅에서 언데드들의 모습이 보이기 시작했다.

오염된 땅의 영향인지 검은색 뼈를 하고 있는 언데드들의 모습은 추악하고 더러웠다.

퍽.

가장 가까이에서 일어나고 있는 스켈레톤의 머리통을 밟아 부수었다.

머리통을 날렸지만 여전히 움직이고 있는 스켈레톤의 몸뚱아리.

나는 보고 싶지 않은 흉흉한 모습의 스켈레톤을 수직으로 갈랐다.

그것이 본격적인 언데드들과의 전투를 알리는 신호탄이었다.

"제가 처리할까요?"

이자벨은 언데드를 보고 인상을 찌푸리는 나의 모습에 신경이 쓰였던지 한 발 앞으로 나가며 말했다. 그녀의 제안은 고마웠지만 내가 직접 처리하고 싶었다.

헌터 생활을 하며 많은 경험을 쌓았다고는 하지만 아직 부족했다.

단순히 신체적 능력을 이용해 전투를 하는 나였기에 전투 경험은 나의 유일한 선생이었다.

"내가 처리할게. 위험한 일이 아니면 나서지 마."

스켈레톤이 나에게 삐걱거리는 뼈 소리를 내며 다가왔다.

지금 보이는 숫자는 서른 마리 남짓.

좀비와 합친다면 그 숫자는 일흔 마리가 넘었다.

일흔 마리의 언데드는 충분히 위협적인 숫자다. 모든 헌터가 언데드를 싫어했다.

언데드는 영화의 단골 소재로 사용되었기에 그들의 모습이 익숙했지만 익숙한 거와 좋아하는 것은 다른 의미이다. 치명타를 날려도 끊임없이 달려드는 언데드를 좋아할 사람은 없다.

한 번에 한 마리씩.

검을 휘둘러 나를 둘러싸고 있는 언데드들을 잘라내었다.

언데드의 공격을 허용하고 싶지 않았고 최대한 그들의 공격에 집중을 했다.

이전 같았으면 나는 언데드의 공격을 받아내며 상대했겠지만 지금은 충분히 공격을 피해내며 상대할 수 있는 민첩성이 있었다.

2층에서의 생활은 너무 안락했다.

몸을 극한으로 사용할 일이 없었다. 이자벨이 주는 먹이를 아기 새처럼 받아먹기만 했다.

이제는 몸을 움직여야 했다.

언제까지 이자벨이 주는 먹이를 받아먹고 살 수는 없지 않은가.

끼긱끼긱.

녹슨 갑옷이 움직이는 소리.

수십 마리의 언데드가 다시 땅속으로 들어가서야 나는 듀라한의 모습을 발견할 수 있었다.

녹이 슨 갑옷을 입고 있는 듀라한의 모습은 그것만으로도 충분히 괴기스러웠지만 자신의 머리를 한 손에 들고 있기까지 했다.

"죽음의 기사가 소문대로 얼마나 강한지 한번 확인해 볼까."

나는 듀라한과 나의 앞길을 막고 있는 언데드들을 밀쳐 내며 그에게로 달려갔다.

*   *   *

거대한 검을 들고 있는 듀라한이었기에 얼마나 팔 힘이 강한지는 충분히 알 수 있었다.

하지만 나 또한 힘으로는 누구에게 밀리지 않을 자신이 있다.

쿵.

검과 검이 부딪쳐 굉음을 만들어내었다.

듀라한의 힘은 강하기는 했지만 충분히 내 예상 범주 안에 있었다.

그리고 그는 계속 한 손에 자신의 머리를 들고 있었다.

한 손보다 두 손이 더 강한 힘을 내는 것은 당연한 이치.

듀라한의 검이 점점 뒤로 밀려났다.

그의 가슴까지 밀려났을 때 나는 예상치 못한 듀라한의 공격에 뒤로 몸을 날려야 했다.

머리를 집어 던지다니.

나를 향해 집어 던진 그의 머리는 지금 바닥을 구르고 있었다.

머리를 다시 집어 든 듀라한은 나에게 천천히 걸어왔다.

민첩성은 뛰어나지 않은 놈이다.

"조심하세요."

이자벨의 응원에 힘입어 나 또한 듀라한의 앞으로 걸어갔다.

선수 필승.

나는 둔한 움직임의 듀라한의 약점이 다리라고 생각했고

미끄러지듯이 넘어지며 그의 발목을 노렸다.

쿵.

실패였다. 그는 능숙하게 나의 공격을 막아내었다. 둔한 움직임과 달리 검을 자유자재로 다룰 줄 아는 듀라한이었다. 다리 공격이 통하지 않았다고 해서 실망을 하지는 않았다.

나는 내가 자신 있어하는 힘 싸움을 그에게 걸었다.

그의 정면으로 검을 내려쳤고 듀라한은 검 면을 이용해 나의 공격을 흘려보냈다.

그는 힘 싸움을 하지 않으려는 듯 보였다.

듀라한도 언데드다. 살아생전 얼마나 뛰어난 기사였는지는 몰라도 결국은 언데드다. 인간처럼 전투에 유연한 대처를 하지 못할 것이라 생각했다.

그런 언데드가 이렇게 전투에 능숙하다니. 그는 내가 상대해 본 어떤 몬스터보다 일대일 전투에 능했다. 그는 나의 공격을 예상이나 하듯이 막아내었고 날카로운 공격을 퍼부었다.

초반 승기를 잡았다고 생각했던 것은 오판이었다.

나는 그의 공격을 막아내기에 급급해졌고 간간이 방해 공작을 걸어오는 스켈레톤에 신경도 분산되었다. 이렇게 가다가는 내가 먼저 지칠 것 같았다. 나도 몬스터와 다를 바 없는 체력을 가지고 있긴 하지만 언데드와 비교할 수는 없었다.

무언가 수를 내어야 한다.

느린 움직임을 충분히 커버하는 그의 검술 실력.

나는 이자벨의 힘을 빌리고 싶은 나약한 생각까지 들었다.

하지만 이건 나의 전투였다. 그녀의 힘을 빌려서는 안 된다.

듀라한의 약점을 찾아야 했다.

그의 약점은 무엇일까? 녹이 슬긴 했지만 그의 단단한 갑옷은 웬만한 공격을 다 막아낼 것 같았고 그전에 그의 검은 내 공격이 그의 갑옷에조차 도달하지 못하게 했다.

나는 그에게 온 신경을 집중했다. 스켈레톤과 좀비의 공격을 몸으로 허용하면서까지 그에게 정신을 집중하자 그의 약점으로 짐작되는 것을 찾을 수 있었다.

팔에 들고 있는 머리.

그 머리는 갑옷을 입고 있지도 않았고 그리 단단해 보이지도 않았다.

정말 그의 머리가 약점일까?

처음 그와 힘 싸움을 벌일 때 그는 한 치의 망설임도 없이 머리를 던져 나를 공격했다.

약점을 노출할 정도로 그가 무식한 몬스터일까?

지금 와서 생각을 한다는 것은 무의미한 일이다. 죽이 되든 밥이 되든 실행을 해야 한다.

그의 팔에서 먼저 머리를 떨어뜨려 놓아야 했다.

나는 그의 검을 노골적으로 노리며 공격했다.

나의 공격을 흘려보내던 듀라한이었지만 모든 공격을 흘려보낼 수는 없다.

쾅!

드디어 내가 원하던 상황이 생겼다. 검과 검이 맞붙었고 나는 그를 몰아붙였다.

나는 그와 검을 맞대고 있었지만 한 눈은 그의 다른 팔을 쳐다보았다.

언제 그가 자신의 머리를 날릴지 몰랐다. 그리고 나의 예상대로 얼마 되지 않아 그는 나에게 머리를 날려 공격했다.

퍽.

일부러 그의 머리 공격을 허용했다.

내 몸을 맞고 발밑으로 머리가 떨어졌다. 지금이다.

나는 검으로 머리의 중앙을 꿰뚫었다.

검은 뇌수가 상처를 타고 흘러내렸다.

그것에 만족하지 않고 머리를 발로 비비기 시작했다. 머리통은 발힘을 이기지 못하고 터져 나갔다.

머리를 잃은 듀라한의 움직임이 멈추지 않았다.

정말 그의 머리가 약점이 아니란 말인가?

하지만 머리를 부숴놓은 게 완전 실패한 것은 아니었다.

앞을 보지 못하는 듀라한이 나를 찾아 몸을 이리저리 돌리며 검을 휘둘렀다.

짝.

박수를 치고는 옆으로 이동했다.

박수 소리가 나는 곳으로 듀라한의 검이 날아들어 왔다.

짝.

또 한 번 박수를 쳤다.

이번에도 소리가 난 방향으로 듀라한의 검이 날아들어 왔
다.

그 틈을 놓치지 않고 열린 가슴으로 검을 꽂아 넣었다.

단단한 갑옷을 뚫는 데는 많은 힘이 필요했지만 부수지 못
할 이유는 없다.

트윈 헤드 오우거의 힘을 흡수한 이후로는 확연히 힘이 강
해졌다.

가슴에 큰 구멍이 생겼고 검은 듀라한의 가슴을 관통했다.

"이제 죽었겠지?"

예상은 또다시 빗나갔다.

듀라한은 가슴에 꽂혀 있는 검을 지팡이 삼아 몸을 일으켰
다.

나는 듀라한의 가슴을 발로 차며 검을 빼내었다.

죽지 않는 몸을 가지고 있다면 움직이지 못하게 하는 수밖
에 없다.

잔인한 방법이 머리에 떠올랐다.

빈 공간에 검을 휘두르고 있는 듀라한의 다리를 노리고 검을 휘둘렀다.

듀라한은 앞이 보이지 않는 상태였기에 나의 검을 이전처럼 막아내지 못했고 무릎 아래가 잘려 나갔다.

나는 잘려 나간 다리를 발로 차 먼 곳으로 보냈다. 그리고 남아 있는 다른 발 하나도 잘라내어 다른 방향으로 던졌다.

그리고 검을 휘두르고 있지 않은 팔을 지체 없이 잘라내었다. 이번에는 남쪽으로.

마지막 남은 팔 한쪽은 북쪽으로.

사방에 사지가 분리되어 몸과 이별하였다.

여전히 꿈틀거리는 듀라한이었지만 위협적이지는 않았다.

"이 정도면 되겠지?"

아직 남아 있는 언데드가 있긴 했지만 이 정도면 대충 3층 청소가 끝이 났다.

"수고하셨습니다, 주인님."

"그래 이제 3층은 조용하겠네."

살아 있는 존재가 들어오지 않는다면 언제나 조용한 3층이었겠지만 내가 더욱 조용하게 만들었다.

"한 달 후면 원래의 모습으로 돌아옵니다."

이자벨의 입에서 나온 말에 나는 허탈한 심정을 숨길 수가 없었다.

"한 달 후면 내가 처리한 언데드가 다시 다 살아난다고? 그러면 듀라한은?"

"저도 몇 번이나 3층의 언데드들을 쓸어버렸지만 다시 생겨났습니다. 저도 주인님처럼 듀라한의 사지를 찢어 땅속에 묻거나 불로 태웠지만 정확히 한 달 후면 완전히 복구된 모습으로 나타났습니다.

언데드를 지겨운 표정으로 바라보는 이자벨이었다.

그녀의 말이 사실이라면 지금까지 했던 전투는 정말이지 단순히 격투 훈련일 뿐이었다.

괜히 짜증이 나 꿈틀거리는 듀라한을 발로 찼다.

"이제 4층으로 가자."

3층에서의 볼일은 끝났다. 드디어 4층으로 입장하는 순간이다.

이자벨의 말을 들어 대충은 알고 있었지만 듣는 것과 보는 것은 천지 차이다.

제8장
미궁 4층

PURE BRED HUNTER

미궁의 크기는 생각보다 넓었다.

미궁 3층은 축구장 5개 정도는 충분히 들어가고 남을 정도로 넓었다.

하지만 4층은 3층과 비교도 되지 않는 크기를 자랑하고 있었다.

이곳이 미궁인지조차 의심스러울 크기였다.

폭포도 있었고 나무와 꽃이 사방에 피어 있었다.

마치 숲 속에 온 듯한 기분이 들었다.

지저귀는 새 소리가 들리지 않는다는 것만 빼면 정말 숲 속과 다를 바 없는 모습이다.

"이곳의 몬스터들은 먼저 위협을 가하지 않는다면 공격을 해오지 않기 때문에 오히려 이곳이 가장 안전한 지역이라고 할 수 있습니다."

이자벨의 말은 사실이었다.

간간이 보이는 몬스터들은 나와 이자벨을 신경도 쓰지 않고 자신의 일만 하고 있었다.

일이라고 해봐야 주로 자는 것이었지만.

"내가 먼저 한 몬스터를 공격하면 다른 몬스터도 나를 공격하는 건가?"

"상황에 따라 다릅니다. 이곳의 몬스터들은 각자의 영역을 벗어나지 않기는 하지만 상호간에 유대감이 있는 몬스터들도 있습니다. 대표적으로 저기 보이는 흰색 늑대와 회색 자칼은 연인 관계입니다. 저 중 한 마리만 공격해도 두 마리의 공격을 받아내야 합니다."

같은 개과 동물이라고 해도 늑대와 자칼이 연인 사이라니.

서로의 목을 비비는 그들은 자신들이 연인이 맞음을 나에게 확인시켜 주는 것 같았다.

"연인 사이인 몬스터가 많아?"

"적지 않게 있습니다. 그들은 이곳에서 적게는 몇십 년에서 많게는 몇백 년을 살아왔기 때문에 연인 관계로 발전하는 경우가 여럿 있었습니다."

"그러면 연인 관계인 몬스터 말고는 다른 몬스터가 공격을 받아도 신경 쓰지 않는다는 건가?"

"그렇습니다. 제가 전부 확인해 봤습니다."

이자벨은 21년의 시간 동안 4층에 있는 모든 몬스터와 싸워봤다고 했다.

4층에 있는 모든 몬스터의 특징을 꿰고 있는 이는 그녀가 유일할 것이다.

그녀의 힘을 빌려야 하는 상황이 올지 몰랐다.

4층에 있는 몬스터들에게서는 강한 위압감이 뿜어져 나왔다.

혼자 힘으로는 무리일 상황이 올지도 모른다. 하지만 그런 상황이 오기 전까지는 이자벨의 힘을 빌리고 싶지는 않았다.

이번 전투를 통해 분명히 나는 한 단계 더 성장할 수 있을 것이다. 그런 기회를 날려 버리고 싶지는 않았다.

"어떤 몬스터부터 상대하는 게 좋을까?"

"여기서 가장 약한 몬스터라고 한다면 저기 보이는 아르고스가 아닐까 생각합니다. 그만이 유일하게 이곳에서 자연계 능력을 가지고 있지 않습니다."

이자벨이 가리킨 방향에는 온몸에 눈이 달려 있는 몬스터가 있었다.

이마에 하나, 볼에 하나 눈이 달려 있었고 팔과 다리에도 공간이 있는 곳이라면 모두 눈이 달려 있었다.

저 몬스터의 힘을 흡수한다면 혹시 내 몸에도 눈이 달리는 게 아닐까?

온몸에 눈이 달린 모습을 상상했다. 끔찍했다. 아마 평생 온천을 가지는 못하겠지.

부디 그의 힘을 흡수했을 때 내 몸에 눈이 생기지 않기를 기원하며 그에게로 다가갔다.

이자벨에게 들은 아르고스의 약점은 눈이었다.

눈을 공격할 때마다 그의 움직임이 조금씩 느려진다고 했다.

온몸에 수십 개의 눈을 달고 있는 아르고스였기에 눈을 공격하는 것은 어렵지 않았다.

하지만 오우거보다 큰 아르고스였다. 그의 주먹이 내 머리보다 컸다.

아르고스는 오우거보다 강한 힘과 민첩성을 가지고 있다고 이자벨이 말했다.

일단 붙어봐야 아르고스의 정확한 능력을 파악할 수 있다.

정보는 정보일 뿐. 정보가 큰 도움이 되는 것은 사실이지만 정보만으로 전투를 이길 수 없었다. 정보를 바탕으로 유리한 전투를 해야지만 승리하는 것이다.

아르고스는 하루 종일 앉아 있지 않고 서 있는다. 그의 엉덩이에 붙은 눈 때문에 앉을 수도, 등에 달린 눈 때문에 누울 수도 없는 어찌 보면 불쌍한 몬스터이다.

"내가 정말 목숨이 위험할 때를 제외하고는 전투에 간섭하지 말아줘."

"알겠습니다, 주인님."

걱정스런 눈으로 바라보는 이자벨이었다.

나는 그녀를 두고는 아르고스가 있는 숲 속으로 들어갔다.

대략 100평.

아르고르가 가진 영역이었다.

아르고스는 이곳에서 가장 약한 몬스터였기에 다른 몬스터보다 작은 영역을 가지고 있었다.

그러나 우리의 전투가 벌어지기에는 충분히 넓은 공간이다.

나는 달렸다. 아르고스가 있는 곳이 아니라 그의 옆에 있는 나무를 향해 뛰어갔다.

숲 속에서의 전투는 나에게 유리한 점이 많았다. 아르고스의 움직임은 나무에 방해를 받을 것이고 나는 나무에 모습을 쉽게 숨길 수 있다. 그리고 나무에서 뛰어내리며 하는 공격은 체중이 실리기 때문에 나는 강한 일격을 날릴 수 있다.

나의 살기에 아르고스는 반응했다. 아르고스는 내가 있는 나무를 향해 큰 주먹을 날렸다. 나는 주먹을 피해 나무에서 뛰어내려 아르고스의 허벅지에 있는 눈을 향해 검을 찔러 넣었다.

푹.

검이 아르고스의 눈 중앙을 정확히 찔렀다. 아르고스는 나의 공격에 움찔거렸다.

아지벨의 말에 따르면 눈을 공격받은 아르고스는 움직임이 둔해져야 했다. 하지만 한 개의 눈을 찌른 것만으로는 확연히 느려진 모습을 찾아낼 수 없었다.

아직 그의 허벅지에 매달린 나는 몸을 비틀어 그에게서 벗어나야 했다.

그의 다른 손이 나를 향해 날아오고 있었기 때문이다.

늦었다. 최대한 빨리 피한다고 했지만 아르고스의 손이 조금 더 빨랐다.

아르고스의 손가락에 나의 다리가 부딪혔고 나는 바닥을 몇 바퀴나 굴러야 했다.

단지 손가락에 부딪혔을 뿐인데 엄청난 충격이 느껴졌다.

만약 손가락이 아닌 저 손바닥에 맞는다면?

몸이 찌그러질 것이다. 찌그러져 온몸에서 피를 뿜어내겠지.

지금까지 상대해 왔던 몬스터에게서 느껴보지 못한 느낌

을 받아야 했다.

단 한 번이라도 직격타를 맞으면 나는 전투 불능 상태에 빠질 것이다.

하지만 이대로 도망칠 수는 없다. 아르고스조차 처리하지 못하면 이곳에 있는 다른 몬스터를 상대할 수 없다. 차근차근 그의 눈을 공략해야 했다.

수십 개쯤 눈을 찌르면 움직임이 둔해지겠지.

나는 다시 나무 위로 몸을 날렸다.

이미 아르고스의 손가락에 맞은 충격은 없어진 후였다.

이번에는 미처 나무에 몸을 숨기기도 전에 아르고스의 공격이 날아들어 왔다.

차마 피할 수도 없었다.

그렇다면 맞부딪치는 수밖에.

나는 그의 손바닥을 향해 검을 들이밀었다.

푹.

그의 손바닥에 검이 박혔다.

쾅!

아르고스의 손이 검이 박힌 채로 나를 날려 버렸다.

입에서 피가 흘렀다. 내장이 진탕이 된 느낌이다. 움직일 힘이 없었다. 손과 다리가 내 마음대로 움직이지 않았다. 눈앞에는 아르고스의 발바닥이 보였다.

지척까지 다가온 아르고스의 발바닥에 나도 모르게 눈을 찔끔 감았다.

쿵.

굉음이 들렸다. 그의 발바닥이 내 몸을 짓밟는 소리라고 생각했다.

하지만 충격이 느껴지지 않았다. 나는 감았던 눈을 뜨고 앞을 봤다.

"괜찮으십니까, 주인님?"

이자벨이 나를 대신해 아르고스의 공격을 받아내었다.

쿨럭.

기침에 피가 묻어 나왔다.

이자벨은 아르고스의 다리를 밀어내고는 나를 안고 한적한 곳으로 이동했다.

몸이 정상으로 돌아오기까지 30분이 넘게 걸렸다.

이 정도로 크게 다친 것은 오랜만이었다.

확실히 미궁 4층의 몬스터들은 쉽지 않은 상대였다.

*   *   *

"이제 제발 좀 죽어라."

아르고스와 싸움을 시작한 지도 한 달이라는 시간이 지났다.

그동안 아르고스에게 죽음의 위협을 받은 적이 20번, 대등하게 싸우다가 지친 적이 8번이었고 내가 유리하게 싸우기 시작한 것은 어제부터였다.

어제는 몸에 달린 거의 모든 눈을 파괴한 순간 긴장이 풀려버렸다. 그 순간을 놓치지 않고 아르고스는 나의 몸을 움켜쥐고는 걸레 짜듯이 비틀었다.

이자벨이 조금만 늦게 나를 구했다면 나는 마른 걸레가 되어버리고 말았을 것이다.

하지만 오늘은 다르다. 이미 그의 몸에 있는 모든 눈을 공략한 상태다.

이제 그에게 남은 눈은 일반적으로 눈이라고 불리는 곳에 달린 2개뿐.

자연계 몬스터의 재생 능력은 대단했다.

분명 어제 그의 몸에 있는 거의 모든 눈을 파괴했지만 하루가 지나지 않아 재생되어 있었다. 지금도 처음 부숴 버린 허벅지에 달린 눈의 재생이 완료되기 직전이었다.

아르고스의 눈은 삼손의 머리와 다르지 않았다. 눈 하나가 감길 때마다 아르고스의 움직임은 느려지고 힘이 약해졌다.

하지만 몸에 있는 모든 눈이 파괴된 지금도 트윈 헤드 오우거보다 강한 힘을 내고 있었다.

마지막 일격만이 남았다.

나는 거친 숨을 쉬고 있는 아르고스의 이마를 향해 뛰어들었다. 나는 날랜 양서류 동물이 나무를 타는 것처럼 아르고스의 다리와 몸을 계단 삼아 그의 머리까지 올라갔다.

1m.

그의 이마와 나의 검 사이의 간격이다.

힘이 빠진 아르고스의 손은 한 박자 느리게 움직이고 있다.

퍽.

그의 이마에는 눈이 하나 달려 있다. 하지만 이 눈은 다른 눈과 달리 감겨 있는 상태다.

이 눈이 아르고스의 약점이다.

"크아아악."

처음 듣는 아르고스의 비명 소리. 다른 눈이 공격당할 때는 고통에 몸을 움찔거리기는 했지만 비명을 지르지는 않았다. 확실히 이마에 달린 눈이 약점이 분명했다.

드디어 그의 피를 흡수할 때가 왔다. 이마에서 흐르는 피를 들이마셨다.

쿵.

아르고스의 큰 몸이 쓰러졌다. 워낙 큰 덩치였기에 나무 몇 그루를 부수고서야 바닥에 몸을 누이는 아르고스였다. 평생 서서 살아야 하는 저주를 가진 아르고스에게 안락한 바닥을 선물했다.

"수고하셨습니다."

이자벨은 어디서 준비했는지 하얀 손수건을 나에게 건넸다.

피를 닦으라는 의미겠지. 아르고스와의 전투에서 부상을 입지 않는 것은 불가능했다.

지금도 몸 곳곳에는 아르고스에게 당한 상처에서 피가 흐르고 있었고 나는 이자벨에게 받은 손수건으로 피를 가볍게 훔쳐 냈다.

치료는 필요 없다. 한 시간도 되지 않아 모든 상처가 언제 그랬냐는 듯이 그 모습을 지울 테니.

"아르고스를 잡는 데 며칠이나 걸린 거지?"

"오늘이 딱 한 달이 되는 날입니다. 수고하셨습니다, 주인님."

"아니다. 내가 너한테 고맙지."

이자벨이 없었다면 내가 4층에서 살아날 수 있었을까? 그렇지 않을 것이다.

그녀가 없었다면 2층에서 목숨을 유지하기도 힘들었을 것이다.

이곳에서 내가 만난 가장 큰 행운은 많은 몬스터의 피를 흡수할 수 있었다는 것이 아니라 그녀를 만난 것이었다.

4층에 도착한 나의 일과는 보통 이랬다.

아침에 그녀가 구한 음식으로 간단한 요기를 하고 몸을 풀었다.

그리고 아르고스와의 전투. 30일 동안 오늘을 제외하고 나는 항상 피범벅이 되어 쓰러졌다. 그런 나를 구해주는 이자벨의 손길에 이끌려 우리의 보금자리로 돌아온다. 그리고 명상.

나는 아르고스와의 전투를 되씹었다. 내가 무슨 실수를 했는지 반성하고 아르고스의 움직임을 시뮬레이션했다. 명상은 확실히 효과가 있는지 하루가 다르게 아르고스를 상대하는 나의 움직임이 좋아졌다.

명상을 권유한 것도 이자벨이었다.

아르고스에게 당한 상처는 반나절이 되지 않아 재생되었고 나는 다시 아르고스에게 달려들려고 했다. 하지만 나를 말리는 이자벨이었다.

"전투도 좋지만 전투에 대한 복습도 중요합니다."

그녀의 말이 맞다. 생각 없이 아르고스에게 달려들어 봤자 나아지는 것은 없었다.

그녀의 충고 덕분에 드디어 오늘 아르고스의 힘을 흡수했다.

몸에서 고통이 느껴지지 않았다.

오늘은 치명적인 부상을 입지도 않았기에 몸의 회복 속도는 이전보다 좋았다.

명상을 할 시간이 늘어난 것이다.

두 눈을 감고 허리를 곧게 폈다. 아르고스와의 전투를 마지막으로 되씹었다.

그리고 그의 힘에 대한 생각을 했다. 그는 어떤 힘을 가지고 있을까?

4층에 살고 있는 아르고스다. 결코 평범한 힘을 가지고 있지는 않을 것이다.

나는 몸을 머릿속으로 관찰했다. 팔과 다리, 손가락과 발가락. 몸의 모든 부위를 관찰했지만 달라진 점을 쉽게 찾을 수 없었다. 물론 아르고스의 힘을 흡수했기에 기본 능력치가 월등히 높아진 것은 느낄 수 있었다. 어제와는 달리 온몸에서 터져 나오려고 하는 힘.

그런데 이것뿐인가?

4층에서 살고 있는 아르고스가 특수 능력 하나 가지고 있지 않을 거라는 생각은 하지 않았다. 마지막 일격이 머리에 떠올랐다.

그의 이마에 달린 감겨 있는 눈. 그것이 힌트다. 나는 이마에 정신을 집중했다.

파앗. 펑!

머리에서 폭죽이 터지는 느낌을 받았다.

어릴 때 먹은 입안에서 톡톡 터지는 과자가 머릿속에서 터지는 중이다.

눈을 감고 있었지만 앞이 보였다. 아니, 앞이 보이는 것이 아니라 빛의 흐름이 보였다.

4층에서 가장 밝은 빛을 내는 것은 나의 옆에 있는 이자벨이었다.

그리고 자연계 몬스터가 있는 곳에서도 밝은 빛이 터져 나왔다.

그들에 비해 내가 내는 빛은 작고 약했다.

기의 흐름을 볼 수 있게 된 건가?

기라는 단어가 맞는지는 모르겠지만 그보다 더 좋은 단어가 생각이 나지 않았다.

차크라? 오오라? 모두 맞는 말이겠지만 기라는 단어가 입에 붙었다.

기의 흐름을 읽는 능력은 굉장히 유용하다. 상대의 힘을 한 번에 파악할 수 있으면 그에 맞는 대처를 하면 된다. 나보다 약하거나 동등한 힘을 가지고 있는 상대와는 맞서 싸우면 되고 나보다 강한 힘을 가지고 있는 상대와의 전투는 피하면 된다.

단순하지만 이걸 못 해 죽는 경우가 허다하다.

이 정도로 명상을 그만하고 눈을 떴다.

눈을 뜨고도 기의 흐름을 읽을 수 있을까? 눈을 뜨고 이마에 정신을 집중하자 눈을 감았을 때보다는 희미하지만 기의 흐름을 읽을 수 있었다.

하지만 금방 머리가 피곤해졌기에 집중의 끈을 놓았다.

"이제 다음 상대는 저기 있는 드레이크인가?"

"그렇습니다. 아르고스 다음으로 약한 몬스터는 드레이크입니다. 하지만 드레이크는 자연계 능력을 가지고 있기 때문에 아르고스보다 훨씬 까다로운 몬스터입니다."

"어떤 자연계 능력을 가지고 있지?"

드레이크의 몸에서 흐르는 빛이 붉었기에 그가 불의 힘을 가지고 있을 거라는 것을 예상할 수는 있었지만 직접 상대해 본 이자벨이 더욱 정확한 정보를 가지고 있기에 그녀의 말을 들어야 했다.

"드레이크는 용의 형상을 가지고 있는 비행형 몬스터 중 하나입니다. 하지만 와이번과 달리 날개가 작아 오랜 시간 동안 비행을 하지 못합니다. 지능도 낮은 편이라 함정이나 속임수에 쉽게 당하는 몬스터입니다. 하지만 이곳에 있는 드레이크는 불의 힘을 가지고 있습니다. 입에서 화염 브레스를 뿜어냅니다."

브레스를 뿜어내는 드레이크.

화염 면역이 얼마나 그의 브레스에 버텨내는지가 관건이

다. 만약 나의 화염 면역이 그의 브레스보다 강하다면 그는 일반적인 드레이크와 다를 바가 없었다.

내일 드레이크를 상대하기로 하고 오늘은 짧지만 휴식을 취해야 했다. 한 달간의 전투에서 받은 피로를 풀어야지만 최상의 컨디션으로 새로운 몬스터를 사냥할 수 있다.

딱딱한 바위에 기대어 주위를 둘러보았다. 너무도 여유로운 모습이었다.

모든 몬스터가 자신의 영역에서 시간을 보내고 있었고 나는 그것을 방해하는 것이 옳은 일이 맞는지 헷갈렸다.

"헌터 협회."

나를 대신해 헌터 협회에 잡혀 있는 마을 사람들.

그들을 위해서 나는 강해져야 한다. 헌터 협회에서 마을 사람들을 구해내기 위해서는 압도적인 힘이 필요하다. 그들이 나를 더는 건드리지 못하게 응징을 해야만 한다.

마녀사냥을 당하는 이유는 약하기 때문이다. 내가 만약 그들보다 강했다면 마녀사냥을 할 생각을 하지도 못했을 것이다. 그들이 나를 피해 숨죽이고 지내게 만들고 싶었다.

꼭 그렇게 만들 것이다. 그러기 위해서는 저기서 편안하게 지내고 있는 몬스터들을 괴롭혀야 했다. 그들의 피를 마셔야 했다. 그것만이 내가 강해질 수 있는 방법이다.

"식사하세요."

내가 잠시 동안의 휴식을 취하고 있을 때 이자벨이 어디서 구했는지 형형색색의 과일들과 달콤한 육즙이 흐르는 고기를 구해서 돌아왔다.

"이러 건 다 어디서 구하는 거야?"

"여기 있는 과일들은 페어리가 있는 곳에 가면 많이 있습니다."

4층에는 몬스터뿐만 아니라 요정들도 있었다. 그들은 소녀의 모습에 날개를 달고 있었고 그들의 주변에는 다른 곳보다 더 많은 식물들이 자라고 있었다. 그들이 몬스터라고 생각되지는 않았다. 하지만 그들의 피도 필요하다면 흡수해야 한다. 그들이 몬스터인지는 중요하지 않다. 단지 나에게 새로운 힘을 줄 수 있는지가 중요할 뿐이다.

"고기는 2층에 있는 미노타우로스의 다리 살입니다."

미궁 안에서 유일하게 먹을 만한 육류가 미노타우로스였고 그의 다리 살은 식감이 일품이었다. 소고기는 쉽게 먹을 수 없는 고급 음식이다. 미노타우로스가 소가 맞는지는 의심스럽지만 맛은 소고기와 크게 다르지 않았다.

"많이 드세요."

먹기 적당한 크기로 잘라내어 돌 쟁반 위에 고기와 과일을 담아 주는 이자벨이었다.

미궁을 빠져나가게 된다면 나는 그녀와 함께 빠져나가고

싶었다.

그녀는 나에게 조력자일 뿐 아니라 좋은 친구였다. 모든 사람을 믿을 수 없어도 그녀만은 믿을 수 있다. 몸에 피가 흐르는 한 그녀는 나를 벗어나지 않을 것이다.

악덕 주인이 되고 싶지 않았지만 요즘 들어 그녀가 해주는 음식을 받아먹는 게 익숙해졌다. 그녀는 나를 위해 보금자리를 마련해 주었고 음식과 식수를 구해 왔다.

나는 오로지 몬스터 사냥에만 집중하면 되었다.

하루 동안의 휴식은 몸뿐만 아니라 머리까지 최상의 컨디션으로 만들어주었다.

훈련보다 중요한 것이 휴식이라는 말을 어디선가 들어본 적이 있다.

지금 나의 몸 상태가 그 말을 증명했다.

"다녀올게."

이자벨을 향해 말하고는 불구덩이 안에서 몸을 웅크리고 있는 드레이크를 향해 걸어갔다.

그의 영역에 발을 내딛자 드레이크의 눈이 떠졌다.

나를 탐색하듯이 두 눈이 나의 모습을 관찰했다. 그의 영역에 이방인이 들어온 것에 대한 불만의 표시로 코에서 하얀 김이 뿜어져 나왔다.

드레이크의 지척으로 다가가자 그는 웅크리고 있던 몸을 펴고 접었던 날개를 펼쳤다.

큰 덩치에 비해 너무도 작아 보이는 날개.

오랜 시간 비행을 하지 못한다는 말을 쉽게 이해할 수 없었지만 그의 날개를 보자 그럴 수도 있겠다는 생각이 들었다.

드레이크를 잡는 데에는 얼마의 시간이 필요할까?

아르고스를 잡는 데 한 달이 걸렸다. 아르고스의 힘을 흡수하여 강해진 나였지만 드레이크가 내뿜는 기에 비하면 아직 부족했다. 그래도 일단 전진하는 수밖에 없었다.

하룻밤에 그의 힘을 흡수할 거라는 기대는 하지 않는다. 하루가 안 되면 일주일, 일주일이 안 되면 한 달. 한 달이 안 되면 일 년이라도 걸려서라도 드레이크의 힘을 흡수할 것이다.

드레이크와 나와의 거리는 10m 남짓.

가까이서 볼수록 드레이크의 위압감이 몸을 따갑게 만들었다.

한 걸음 더.

위압감을 뚫고 발을 움직였다. 그리고 한 걸음 더.

드레이크의 코에서 나오는 하얀 김의 뜨거움이 느껴졌다.

"크아아아!"

자신의 발치까지 다가온 내가 마음에 들지 않는지 드레이크는 입을 열어 화염 브레스를 쏘아내었다. 피할 만한 공간도 없었지만 일단 그의 브레스에 대한 나의 면역력이 얼마나 되는지 알고 싶었다. 그래서 최대한 몸을 웅크리고 브레스를 받아내었다.

다행히 긴 시간 동안 브레스를 뿜어내지는 못하는지 30초가 되지 않아 브레스가 멈추었다.

뜨거웠다. 살이 타는 냄새가 진동했다. 하지만 죽지는 않는다.

검게 그슬린 피부에서 고름이 생겨났지만 죽지는 않는다. 몸을 움직이기 힘들었지만 일단 목숨이 끊어지지는 않았다.

"주인님."

검게 그슬려 바닥에 쓰러져 있는 나에게 이자벨이 날아왔다.

그녀는 나를 품에 안고는 드레이크의 영역을 벗어났다.

"괜찮으십니까?"

"아직 죽지는 않았어. 드레이크 브레스 생각보다 맵네."

그녀에게 웃어 보였다. 걱정스럽게 나를 바라보는 이자벨의 눈빛이 익숙했지만 그녀의 걱정을 덜어주고 싶었다.

화상 입은 몸이 재생되기까지 한 시간이 소요되었다. 그동안 나는 꼼짝없이 바닥에 누워 있어야만 했고 이자벨은 내 몸에서 연신 흘러나오는 고름을 닦아내었다.

그녀의 손길은 부드러웠기에 몸을 맡기고 눈을 감았다.

움찔.

그녀의 손길이 민감한 부위를 건드렸다. 브레스에 옷은 다 타버리고 없어졌기에 그녀의 손길을 직접적으로 받을 수밖에 없었다.

"이제 괜찮아."

그녀의 부드러운 손길이 싫지는 않았지만 더 이상은 참기 힘들었기에 그녀의 손길을 밀어냈다. 아쉬운 마음이 들었지만 어쩔 수 없다.

*   *   *

미궁에 들어선 지도 13개월이 지났다.

미궁의 입구에서 3층을 돌파하는 데 걸린 시간이 2주. 나머지 12개월이 넘는 시간을 4층에서 보냈다. 그리고 나는 지금 나의 앞에 쓰러져 있는 바람의 와이번을 끝으로 4층의 모든 몬스터의 흡수를 마쳤다.

드워프 영웅이 10년이 걸렸다고 했으니 나는 그에 비해 10분의 1의 시간밖에 걸리지 않은 것일지도 몰랐지만 조급함이 드는 것은 어쩔 수 없다.

인공적인 빛에 의지해서 살아가는 미궁 안이었기에 밖으

로 나가고 싶은 욕망이 강했다.

드래곤이 만든 목걸이를 만지작거렸다. 목걸이의 빛은 꺼져 있었기에 텔레포트를 할 수는 없다는 걸 알고 있다. 하지만 습관적으로 목걸이를 쓰다듬었다.

4층의 모든 자연계 몬스터를 흡수한 결과 나는 SS급 헌터의 반열에 들어섰다고 자신할 수 있었다. SS급 헌터를 뛰어넘었을지도 모른다. SS급 헌터의 모습을 실제로 본 적이 없었기에 그들의 힘이 얼마나 강한지는 모른다. 하지만 절대 지금의 나보다 강하다고 생각되지는 않았다. 그들이 자연계 몬스터와 일대일로 싸워서 이길 수 있을까? 아니겠지.

자연계 몬스터들은 몬스터 월드의 변종이라고 할 수 있다.

마정석과 몬스터 월드의 기의 파장이 어우러져 생긴 변종 드레이크를 흡수하며 생긴 불의 힘. 나는 지금 마음만 먹으면 한 지역을 불바다로 만들 수 있다. 화염계 각성자가 여럿 모여야 가능한 일을 나는 혼자서 가능했다. 이제 마을 사람들을 위협하는 헌터들에 대한 걱정은 없다. 그들이 나를 뚫고 마을 사람들에게 손가락 하나 다치게 할 능력이 있다고 생각되지는 않았다.

보통 사람들은 세상이 5대 원소로 이루어져 있다고 한다.

불, 물, 쇠, 흙, 공기.

지금 내 몸에 흐르고 있는 기의 파장은 그 5대 원소를 가득

담고 있다.

기본 능력치도 미궁에 들어오기 전과 지금의 차이는 말로 설명할 수 없을 정도로 큰 격차가 있다. 이제는 한 개의 벽만이 남았다.

"이자벨, 이제 가볼까?"

"네, 주인님."

나의 뒤를 따라 오고 있는 이자벨. 그녀의 힘은 4층에 있는 어떤 자연계 몬스터보다 강하다.

하지만 나는 그녀의 힘을 넘어섰다. 4층의 몬스터 절반의 힘을 흡수하자 그녀의 기의 파동이 나보다 작다는 걸 알게 되었다. 어떤 의미로 그녀의 주인이 될 자격이 이제 생겼다는 말이다.

4층의 마지막, 그리고 5층의 입구.

5층으로 내려가는 계단에서부터 미궁의 주인이 뿜어내는 기의 파동에 몸이 따가웠다.

그는 나에게 더는 다가오지 말라고 말하는 것 같았다.

하지만 이제 그를 향해 가야 했다. 그가 누군지 확인할 시간이다.

그가 가진 힘까지 흡수하게 된다면? 생각만으로도 가슴이 벅차올랐다.

계단의 끝에는 굳게 닫힌 문이 보였다.

문은 큰 바위로 만들어져 있었다. 침입자를 허용하지 않는다는 듯.

이런 문쯤이야.

쿵.

부서진 바위 파편이 비산했고 바위 먼지가 날려 눈을 가렸다.

먼지가 가라앉기를 기다렸다가 한 발 내디뎠다.

드디어 5층에 도착했다.

강한 기의 파동이 나의 앞을 가로막았다. 미궁의 주인으로 보이는 자가 펼친 기의 막이다.

기의 막은 강했지만 충분히 부술 수 있는 정도였기에 기의 막을 검으로 찢고 손으로 벌렸다. 충분히 넓어진 입구로 나와 이자벨이 5층으로 입성했다.

"나는 자네들을 이곳으로 초대한 적이 없네."

5층 전체를 웅웅거리며 울리는 목소리. 드디어 5층 주인의 목소리를 듣게 되었다.

그의 목소리를 들은 것만으로도 뿌듯했다.

"안녕하십니까. 추용택입니다."

그와 싸우게 될지도 모른다. 아니, 십중팔구 그와 싸우게 되겠지만 동방예의지국 출신답게 그에게 인사를 건넸다.

"이렇게 짧은 시간 만에 이곳에 도착한 너의 능력은 인정한다. 하지만 아직은 이르다. 뒤로 물러서거라."

"모습을 보여주십시오. 손님이 왔는데 얼굴도 비추지 않는 것은 예의가 아니지 않습니까."

몬스터에게 예의를 따진다는 게 웃겼지만 나의 말은 통했고 그는 천천히 우리에게 모습을 보였다.

"너는 이곳에 온 지 22년이 되었구나."

이자벨을 향해 말하는 그의 모습은 나무였다.

내가 생각한 몬스터의 모습은 아니었다. 수천 년의 세월을 먹은 것 같은 크기의 나무가 우리의 앞에 나타났다. 나무로 된 몬스터가 있다는 말은 들었지만 지금 보이는 이는 몬스터라고 부르고 싶지 않을 정도로 청아한 느낌을 뿜어내고 있는 나무였다.

"처음 뵙겠습니다. 이자벨이라고 합니다."

이자벨도 그의 모습에 예의를 차렸다.

"뱀파이어의 일족이 이곳에 온 것은 처음 있는 일이구나. 그리고 너는 인간도 아니고 뱀파이어도 아니구나."

이미 우리의 정체를 알고 있는 그였다.

"아직은 인간으로 불리고 싶습니다."

나의 바람이었다. 죽을 때까지 인간으로 남고 싶은 마음을 담아 말했다. 그에게 이런 말을 한다고 해서 인간으로 인정을 받는 것은 아니었지만 그렇게 말하고 싶었다.

"혹시 몬스터 도어를 유지하는 분이십니까?"

이렇게 강한 몬스터는 그것밖에 생각이 나지 않았다. 아무리 자연계 몬스터가 몬스터 월드의 기의 파동을 먹고 자라 변종이 된다고 하지만 이렇게 강할 수는 없었다.

그렇다면 남은 것은 몬스터 도어를 유지하는 힘을 이어받은 존재뿐이다.

"그것을 어찌 알고 있느냐."

"드래곤 네르키스 님에게 들어서 알고 있습니다."

"드래곤과 친분이 있는 녀석이었구나. 그렇다고 해서 이곳을 나가는 방법은 없다."

그의 모습을 보는 순간 나는 그의 힘을 흡수하기가 쉽지 않겠다고 생각했다.

혹시나 싶어 그에게 나가는 방법에 대해 물었다.

"미궁을 나가는 방법은 없습니까? 나가는 방법만 알려주신다면 얌전히 나가겠습니다."

"미궁이 나에게 어떤 의미인지 아느냐?"

모른다. 알고 싶지도 않지만 그의 말은 계속되었기에 나는 듣고 있을 수밖에 없었다.

"나의 심장이다. 미궁에서 들어오는 몬스터들의 에너지가

나를 유지하는 힘이 된다. 그들이 없다면 나는 점점 약해지고
말겠지. 그런데 네가 이곳에 있는 대부분의 몬스터를 죽였다.
그들은 나와 함께 강해진 몬스터들이다. 그런데 네놈들까지
이곳을 빠져나간다면 나는 급격히 힘이 약해질 것이다. 몬스
터 도어를 유지할 힘까지 잃어버릴지 모르지. 절대 너희가 나
가게 둘 수는 없다."

미궁에 들어온 몬스터의 힘을 받아들여 산다는 말인 것 같
았다. 몬스터가 미궁 안에서 뿜어내는 기의 파장이 그의 힘과
연관이 있는 것 같았지만 어떻게 가능한지는 이해가 가지 않
았다.

"그럼 우리가 여기서 평생을 당신과 함께 보내야 한다는
말씀이십니까?"

"그렇다. 미궁을 들어온 이상 나갈 방법은 없다."

그의 말이 거짓말인 걸 알고 있다. 이미 미궁을 빠져나간
이가 있지 않은가.

"드워프의 영웅이 미궁을 빠져나간 걸로 알고 있습니다.
그건 어떻게 설명하실 겁니까."

"그는 내가 힘을 부여받기 전에 이 미궁으로 들어왔다. 그
당시에는 내가 그의 힘을 막아내지 못해 그가 나가는 걸 바라
볼 수밖에 없었지만 지금은 다르다. 만약 그가 지금 미궁 안
으로 들어온다면 절대 그때와 같지 않을 것이다."

순순히 자신의 패배를 인정하는 그였다.

"드워프가 내 정기를 빼앗아 갔기에 나는 수백 년의 시간 동안 잠들어 있어야 했지. 그분들이 오시지 않았다면 나는 아직 깨어나지 못했을 것이다."

드래곤이 말했던 11명의 제자를 지칭하는 것 같았다.

그들이 이자의 잠을 깨게 만들었던 것이겠지.

나는 다른 질문 하나가 떠올랐다.

"그러면 이곳은 왜 시간이 멈춰 있는 겁니까?"

"미궁 안은 시간의 구애를 받지 않는 곳이지. 처음 만들어질 때부터 그랬다. 이곳은 너희가 생각하는 몬스터 월드이기도 하면서 아니기도 하지. 공간의 틈새에 만들어진 곳이기 때문에 그렇다."

"왜 이런 곳이 생기게 된 거죠?"

"나도 그것까지는 모른다. 내가 처음 눈을 떴을 때부터 나는 여기를 지키는 임무를 가지고 있었지. 얘기가 길어졌구나. 이제 그만 돌아가거라."

나는 그의 말에 조용히 눈을 감았다. 눈을 감자 기의 파동이 세밀하게 느껴졌다.

그가 가진 푸른 기가 미궁 전체에 이어져 있었다. 그의 뿌리로 예상되었다.

그리고 우리가 내뿜는 기를 그의 뿌리가 흡수하는 것이 느꺼졌다.

나는 뿌리에서 눈을 돌려 그에게 시선을 집중했다. 그가 가지고 있는 푸른 기의 중심이 보였다.

저곳이 그의 약점인가?

가장 강한 기가 모여 있는 곳이 약점일 가능성이 높았다.

바람의 와이번의 가슴이 그랬고 불의 드레이크의 폐가 그랬다.

모든 자연계 몬스터들은 각자의 기를 가지고 있는 부분이 달랐다.

일반 몬스터는 마정석에서 내는 힘을 원동력 삼아 움직였지만 자연계 몬스터들은 마정석 외의 다른 부분에서 공급받는 힘으로 능력을 펼쳤다.

그도 다르지 않을 것이다.

나는 눈을 떠 그의 기가 집중된 부분을 보았다.

나무의 중심.

그곳이 그의 기가 집중되어 있는 곳이다. 단단한 나무껍질을 뚫고 그곳까지 가는 것은 요원했다. 그가 방해를 하지 않는다고 해도 그곳으로 가는 것은 어려운 일인데 그가 자신의 능력으로 가로막는다면 그곳까지 갈 방법은 아예 없어 보였다.

그렇다고 포기할 수는 없다.

나무는 불에 약하겠지.

단순한 생각이지만 때로는 단순한 게 정답일 경우가 많았다.

나는 내 몸에 흐르는 5대 원소 중에 불의 기운에 정신을 집중했다. 내 온몸은 불길로 타올랐고 이자벨이 만들어준 옷들이 타서 없어졌다. 나무가 있는 방향으로 화염구를 날리고는 나 또한 몸을 던졌다. 두 개의 화염구가 날아가는 것처럼 보일 것이다.

펑.

화염구가 그의 몸에 맞아 터지면서 작은 불꽃들을 만들어 냈다. 그리고 내가 그의 몸을 파고들 차례다.

펑.

내 몸을 감싼 불의 기운이 그의 몸에 부딪혔다. 나무껍질을 겨우 파고들었을 뿐 아직 중심까지 도착하기는 무리였다.

그때 내 몸을 향해 그의 기운이 다가오는 것이 보였다.

나는 불의 힘을 유지한 채로 바람의 기운을 끌어 올렸다. 그러고는 그의 기운을 피해 하늘로 날아올랐다.

그의 기운도 나를 매섭게 쫓아왔고 나는 미궁의 천장 끝까지 날아올랐다.

나는 천장을 거꾸로 걸으며 그의 기운을 피해냈다. 그리고 천장을 발로 차며 그의 중심으로 떨어져 내려갔다. 바람의 기운까지 가세한 상태였기에 나는 엄청난 속도로 떨어져 내렸으며 그 모습은 가히 유성과도 같았다.

펑.

아까보다는 조금 더 중심에 가까이 가긴 했지만 고작 약간의 속살을 태운 것에 불과했다.

검에 불의 기운을 집어넣었다. 드래곤 본으로 만든 검이었기에 불의 기운을 쉽게 받아들였다.

쿵.

검날의 절반 정도가 나무에 박혔다. 그의 기운이 사방에서 나를 노리고 날아들어 왔다.

나는 그의 기운이 닿기 전에 검을 이용해 나무를 파내었다.

지척까지 그의 기운이 다가오자 나는 바람의 기운을 이용해 천장이 아닌 땅으로 이동했다. 이미 천장으로 이동할 수 있는 공간을 그가 먼저 선점했기 때문이다. 땅에 내려섰지만 그의 기운은 여전히 사방을 점하며 나에게 다가왔고 나는 그 기운을 피하기 위해 흙의 기운을 끌어냈다.

내 발밑으로 구멍이 생겨났고 나는 구멍을 통해 반대편으로 이동했다.

나는 땅 밑으로 이동하면서 이자벨의 기운을 확인했다. 그녀도 나와 마찬가지로 그의 기운을 막거나 피하고 있는 중이었다.

그녀를 믿었기에 걱정은 하지 않기로 했다. 지금은 오로지 그에게만 집중할 때였다.

"그만하거라. 너를 다치게 하고 싶지 않구나."

"그러면 우리를 얌전히 보내주시면 되지 않습니까."

그는 그렇게 하지 못한다. 우리가 나가면 그의 힘은 약해지고 어쩌면 다시금 수면에 빠져야 할지도 모르기 때문이었다.

"그럴 수는 없다."

협상은 결렬이다. 누군가는 죽어야 하는 싸움이 시작되었다.

나는 하늘과 땅을 가리지 않고 움직이며 집요하게 그의 중심부를 노렸다.

나무꾼이 나무를 하듯 그의 몸에 흠집을 남겼고 그의 중심부 주변에는 나무껍질이 다 떨어져 나갔다. 그의 기운을 피해 다시금 땅속으로 몸을 숨겼다.

그때 내 다리를 감싸는 무언가가 느껴졌다. 나무뿌리였다. 그가 내뿜는 기운에만 집중하다 보니 나무뿌리에 대한 생각을 미처 하지 못했다. 내 다리를 감싸는 나무뿌리의 힘은 보통이 아니었다. 뼈가 부서질 정도로 강하게 조여왔다. 급히 다리에 불의 기운을 일으켜 태워냈지만 여전히 나무뿌리는 다리를 놓지 않고 있었기에 나는 손으로 뜯어내야만 했다.

"치사하게 나오는군."

이대로 가다가는 내가 먼저 지치고 말 것이다.

그래서 나는 불의 힘을 검에 모두 쏟아부었다.

펑.

그의 속살이 좀 더 파였지만 중심까지는 한참이나 멀었다. 그러나 아직 포기하기는 일렀다.

나는 몸에 깃든 모든 기운을 뿜어내었다. 땅의 기운이든 바람의 기운이든 상관하지 않고 내가 낼 수 있는 모든 힘을 검에 쏟아부었다. 그 중심에는 불의 기운이 있었다. 불의 기운을 중심으로 다른 기운들이 회전했다. 그리고 드릴이 쇠를 뚫는 것처럼 나무가 파이기 시작했다.

내 주변으로 그의 기운이 다가오는 것이 느껴졌지만 피하기는 이미 늦었다.

정면으로 그 기운을 맞는다면 살아남기 힘들 듯했지만 여기서 손을 놓을 수는 없었다.

"으아악!"

그의 기운이 등을 때렸다. 척추부터 시작한 고통이 온몸을 흔들었지만 나는 검에 기운을 붓는 것을 멈추지 않았다. 몸에 있는 모든 구멍에서 피가 흐르는 것이 느껴졌지만 그래도 검을 놓을 수는 없다. 오히려 마지막으로 몸에 남은 모든 힘을 검에 쏟아부었다.

"쿨럭."

입에서 한 움큼의 피가 쏟아져 나왔지만 난 웃었다.

드디어 그의 중심부가 보였기 때문이다. 검에 깃든 기운이 만들어낸 기운은 내 몸 하나가 들어갈 정도는 충분했다. 그의 중심으로 몸을 꾸겨 넣었다. 그리고 기의 기운이 뭉쳐져 있는 푸른 핵에 얼굴을 묻었다.

피가 흐르지 않는 나무의 힘도 흡수할 수 있을지는 모르지만 지금은 이 방법밖에 없다.

만약 이게 통하지 않는다면 나는 다시는 눈을 뜨지 못할 것이다.

"아아아."

몸속에 청량한 기운이 들어오자 비음이 터져 나왔다.

지금까지 느껴보지 못한 기분에 아드레날린이 분비되고 있는 중이었다.

온몸을 감싸는 그의 기운에 몸을 맡겼다.

『순혈의 헌터』 3권에 계속…

박선우 장편 소설
FUSION FANTASTIC STORY

PERFECT GAME

퍼펙트 게임

고통과 좌절의 시간들을 뛰어넘어
불사조처럼 일어나 세계를 제패한 사나이의 일대기.

대한민국을 넘어 메이저리그를 평정하며
명예의 전당에 헌정된 언터처블 투수, 이강찬.

강철 같은 어깨에서 뿜어져 나오는 그의 패스트볼은
무적이었으며 야구계에 길이 남을 **신화**였다.

야구만을 사랑했던 고독한 사나이.
그의 *퍼펙트게임*이 이제 시작된다!

Book Publishing CHUNGEORAM

가프 장편 소설

관상왕의
1번룸

FUSION FANTASTIC STORY

거대한 도시의 그늘에서 벌어지는
짜릿하고 통쾌한 이야기!

『관상왕의 1번룸』

텐프로의 진상 처리 담당, 홍 부장.
절망적인 삶의 끝에서 만난 남국의 바다는
그를 새로운 인생으로 인도하는데…….

쾌락을 원하는 거부, 성공에 목마른 사업가,
그리고 실패로 절망한 사람들이여.

여기, 관상왕의 1번룸으로 오라!

Book Publishing CHUNGEORAM

유행이 아닌 자유추구 -
WWW.chungeoram.com

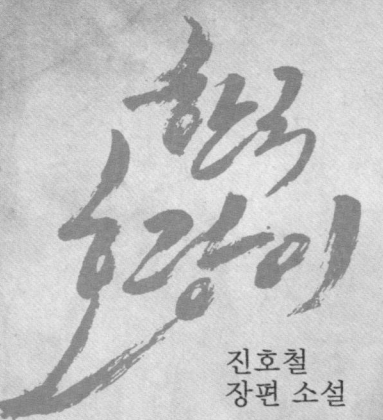

용병귀환

유왕 판타지 장편 소설

수십 년 전, 용병왕의 등장으로 생겨난
왕국과 용병의 세계.
평소엔 한없이 가볍지만 화나면 누구보다 무서운,
놀고먹고 싶은 그가 돌아왔다!

하지만 바람과는 달리 과거 그의 앙숙과 대륙의 판도는
도저히 그를 놓아주질 않는데……

“용병은 그냥, 돈 받고 칼을 빌려주는 놈들이니까.”

그의 용병 철학은 단순했다.

“물론, 누구에게 빌려주느냐가 문제겠지?”

Book Publishing CHUNGEORAM

유행이 아닌 자유추구
WWW.chungeoram.com

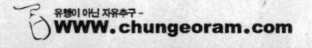